限时医院

時限病棟

UNREAD

[日]知念实希人 著　　梁适雨 译

天津出版传媒集团
天津人民出版社

图书在版编目（CIP）数据

限时医院 /(日) 知念实希人著；梁适雨译.
天津：天津人民出版社, 2025. 8. -- ISBN 978-7-201-21215-9

Ⅰ . I313.45

中国国家版本馆CIP数据核字第2025NX4656号

JIGEN BYOTO
Copyright © 2016 Mikito Chinen
Originally published in Japan in 2016 by Jitsugyo no Nihon Sha, Ltd.
Simplified Chinese translation rights arranged with Jitsugyo no Nihon Sha, Ltd.
through Maxinformation Co., Ltd. , Tokyo.
Simplified Chinese edition copyright © 2025 UNREAD SKY CULTURE MEDIA LIMITED Co., Ltd.
All rights reserved.

著作权合同登记号图字：02-2025-062号

限时医院
XIANSHI YIYUAN

出　　版	天津人民出版社
出版人	刘锦泉
地　　址	天津市和平区西康路 35 号康岳大厦
邮政编码	300051
邮购电话	022-23332469
电子信箱	reader@tjrmcbs.com

选题策划	联合天际·U 工作室
责任编辑	王小凤
特约编辑	刘冰夷
美术编辑	梁全新
封面设计	沉清 Evechan

制版印刷	河北鹏润印刷有限公司
经　　销	新华书店
发　　行	未读（天津）文化传媒有限公司
开　　本	889 毫米 ×710 毫米　1/32
印　　张	11.75
字　　数	170 千字
版次印次	2025 年 8 月第 1 版　2025 年 8 月第 1 次印刷
定　　价	49.80 元

本书若有质量问题，请与本公司图书销售中心联系调换　　未经许可，不得以任何方式
电话：(010) 52435752　　　　　　　　　　　　　　　　复制或抄袭本书部分或全部内容
版权所有，侵权必究

目录

第一章　　小丑游戏_____1

第二章　　0918的真相_____87

第三章　　红莲医院_____247

终章_____359

限时医院　各楼层平面图

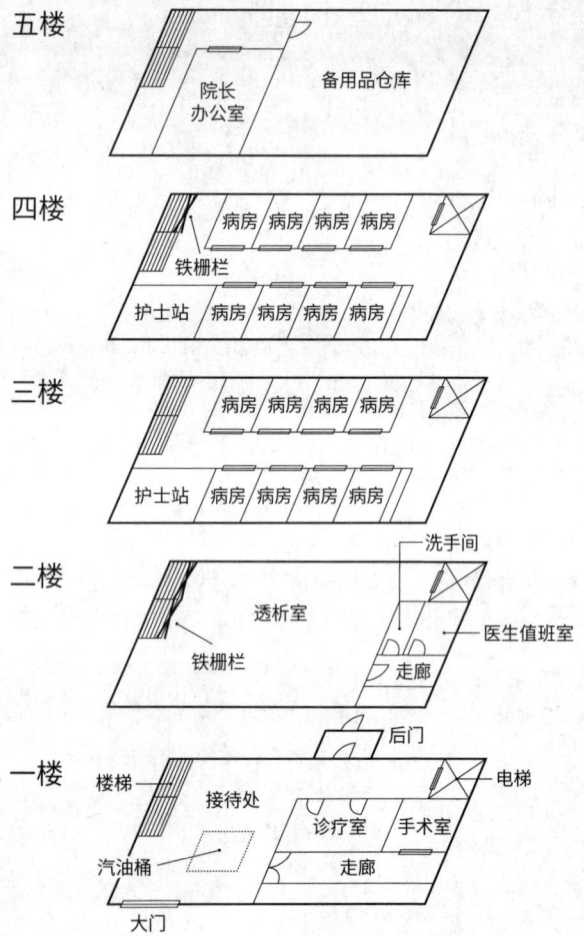

第一章

小丑游戏

1

意识逐渐从一片漆黑中觉醒。好不容易睁开了沉重的眼睛，忽然一片白光占据了整个视野。在过分耀眼的光线下，仓田梓小声呻吟了一声，把眼睛眯了起来。

等眼睛慢慢适应周围的灯光，首先进入视野的是天花板，还有上面的一块显眼的污渍。天花板上的日光灯照射出明亮的白光，直接投射在自己的脸上。

阿梓开始思考这里是什么地方。突然，一股强烈的呕吐感向她袭来，一阵热气沿着食道向上涌，阿梓下意识地把头侧向一边，马上从口中吐出了黄色的黏稠液体，落在了离她一米的地面上，传来"啪"

的一声。口腔里还残留了一种说不清是痛还是苦的感觉。

阿梓又连续呕吐了两三次，然后她用袖子擦了擦嘴巴。

"咦？"

阿梓惊诧到叫出声来。她仔细观察了袖子之后又检查自己的全身。她发现自己穿着浅蓝色的、像浴衣一样的衣服。阿梓对这种衣服非常熟悉，这正是病患在医院里穿的病号服。

阿梓又转过头来看看自己的左手。只见手背上还插着输液针，身旁放着一个输液架，输液袋吊在架子上，塑胶输液管连在袋子下方。

这里是……医院吗？难道我住院了？

阿梓在脑海里使劲思考眼前这一幕到底是怎么回事，但头脑中好像蒙上了一层雾霭，什么都想不明白。她一边想，一边就要坐起来。然而全身的关节却好像生锈了似的，身体有点不听使唤。她用双手支撑着好不容易起了身，看了看自己的四周。原来自己躺在一张老旧的床上，四面围着白色的帘子。床边除了输液架还有一辆金属手推车，手推车上放着一套叠得很整齐的衣服，还有一个手袋。

这不就是我的衣服和包包吗？阿梓心里不由得紧张起来。

她一开始以为自己应该是遭遇事故，所以才住院了。然而正常的医院是不会像这样把病人的物品放在床边的。

阿梓又抬头看了下输液袋，袋里已经没有药水了。通常情况下，如果输液结束，护士要么更换输液袋，要么把针头拔掉。另外，医院为了避免弄错输液袋还会在袋子上写明病人的名字，然而输液袋上也并没有阿梓的名字。

阿梓紧抱双臂，开始回想自己最近的经历，脑袋却完全运作不起来。

阿梓隐约想起来，自己应该是上完早班后打车回家……这么想的时候，她注意到身边的物品。手推车上是叠好的牛仔裤和长袖衬衫，再里面还有一件浅蓝色的衣物。看到这件衣物时阿梓不禁全身颤抖起来——那正是她的内裤和内衣。

阿梓联想起以前在新闻节目上看过的案件，比如说罪犯把迷药混在酒里，女性喝了就不省人事，然后遭到绑架，等等。阿梓边想着边用右手摸了下自己的胸部，里面果然没有穿内衣。她吓得不停地喘气，手从胸部移开，把病号服拉了起来。

阿梓看到病号服下的下半身时，不由得止住了动作。自己的下半身确实没有穿内裤，却穿着一件臃肿的白色的东西。

"这是……尿布？"她颤抖地说出声来。这正是医院里常用的成人尿布。

阿梓不由得看了看下半身，又看了看床边的手推车。自己穿着的尿布似乎跟性犯罪无关，只是为了避免大小便弄脏衣服和床铺而做的安排。

阿梓轻轻碰了一下自己的下体，并没有感觉到疼痛或者不适，看起来应该没有在不省人事的时候遭到性侵犯。

阿梓稍微放心了一点，但是想到有人把她脱光，还给她穿上了尿布这种东西就觉得十分羞耻。阿梓咬紧嘴唇、浑身颤抖，赶紧把触碰下体的手缩了回来。

这时候，就在刚刚用手触碰的部位稍微靠上一点的地方，也就是膀胱的部位传来了一股强烈的尿意。阿梓连忙向左右张望，四面都围着帘子，看不到洗手间在哪里。

阿梓想要下床，这时左手传来的一丝痛楚让她皱了下眉头。原来是输液管不够长，输液针被扯了一下。

她犹豫了一下,伸手撕掉了固定针头的胶带,把输液针从手背的静脉拔出来。血液从针头插进去的地方渗了出来。

阿梓一边用手指压着针孔止血,一边从床上下来,双脚却好像使不上劲儿,她一下子没站稳,下意识地抓住了身前的帘子。帘子被阿梓拉开,她失去了平衡,跪坐在地上。

她坐在地上,抬起头来看看帘子后面,只见数米外有一道开着的门,门后面有一条很短的走廊,走廊的左边又是两道并排的门。

或许那里就是洗手间。阿梓咬着牙忍着尿意站起来,慢慢地,身体也开始听使唤了。她光着脚踩着凉冰冰的地板,一边忍着身体的不适,一边来到了走廊上。面前的门上就写着"洗手间"三个字,阿梓连忙打开门。

阿梓走进了洗手间的隔间,拉起病号服脱下了尿布,一下子坐在了马桶上。这是个有点旧的抽水马桶。随着水声在隔间里响起,阿梓望着天花板舒了一口气。

这到底是哪里?生理问题解决后,这个疑惑再次浮现。首先这里不是正常的医院,阿梓在综合医院里工作,对此确定无疑,最终脑海里还是浮现出"绑架监禁"四个字,她又开始忍不住浑身发抖了。

这种只有在电影里才会看到的事情居然会发生在自己身上,一下子实在令人难以接受。不过从现状分析的话,这却是最有可能的解释。

但要是绑架监禁的话,为何要选我呢?阿梓实在想不出自己会卷入这种事件的理由。

难道对方绑架的目标仅仅是年轻女性?

阿梓小便完了,颤抖着手取了卫生纸擦拭下体。这时候,隔间的空气震动起来,有人在外面拍门。阿梓吓得马上站起来,又慌张地穿上刚刚脱下的尿布。

门外的或许就是绑架自己的罪犯。一想到这点,阿梓吓得身体都僵硬了,拍门的声音却越来越大。

能不能逃跑呢?阿梓的视线转向隔间内部,里面连窗口都没有,别说逃跑了,连躲起来都不行。拍门的声音震耳欲聋,甚至都不能称为拍门,而是在大力砸门了。

"不要拍了!快走开!"阿梓抱住头喊道。

"求你了!我要上厕所啊!快点开门!"

听到门外的人这么说，阿梓愣了一下，再抬起头来。那明显是年轻女性的声音。阿梓靠近门，压抑住恐惧问外面的人："你……只是要上厕所而已吗？"

"对！快开门吧！"外面的人急得有点不知所措。

阿梓犹豫了一下，还是慢慢打开了门。门一下子就被推开了。

"不好意思！"

一个穿着病号服的小个子女人急忙从阿梓身边挤了过去。她看起来三十岁左右，黑色的头发扎了一条马尾，戴着一副粗框眼镜。

那个女人走到马桶跟前转头向阿梓看了一眼，从她眼镜之中透出不悦的眼神。阿梓知道这眼神想要表达的意思，于是后退几步，走出隔间，关了门。门里传来锁门的声音。

阿梓就这样站在门前。刚才的女人是谁？从她身上穿的衣服，还有她急着要上洗手间的样子看来，似乎是与自己一样处境的人。

有和自己一样的人，虽然说不上是件好事，但起码还是令人安心了一点。这么一来，刚刚的恐惧和混乱稍稍减退，视线也变得宽广起来，阿梓开始观察四周的情况。

她把目光投向走廊的里面,那里的一扇门上写着"医生值班室"几个字。这里果然是所医院。

难道自己真的是因为出了意外或者生了病被送到医院来了?但是这里连个护士都没有……正当阿梓思考的时候,突然一只手搭在她的肩膀上。阿梓吓得小声叫了起来,转身望去。

只见一个身穿西装的男人站在自己身后,年龄大概有五十岁,个子比阿梓高一头。

"你,你是谁?你要干什么?"

"别紧张,我不是来害你的。"男人缓缓说道。

他的声音比较低沉,稍微缓和了恐惧的气氛。

"如果不介意的话,能告诉我你的名字吗?"

男人的脸很是端正,他露出温柔的微笑。

"我叫……仓田梓。"阿梓并没有放下戒备,盯着男子的脸回答。

"仓田小姐对吧?你也是被抓到这里来的吗?"

"我……也是?"阿梓感到非常疑惑。

男人的表情从微笑转为苦笑,他用大拇指指向身后。

"是的,我们大家都被绑架到这里来了。"

在男人身后,也就是走廊外面站着两个人。一个是体形庞大的男子,穿着牛仔裤和长袖马球衫,显得大大咧咧,另一个是化着浓妆的女人,穿着一条连衣裙,两个人的表情都很僵硬。

2

"我的名字是月村一生,是景叶医大附属医院的外科教授。"

说话的是身穿西装外套、体形高大的男子。他很有礼貌,阿梓边听他讲,边环顾周围的人。

几分钟前,这个名叫月村的男人在戴眼镜的女人从洗手间里出来的时候,用通透的声音说:"总之,我觉得我们应该先找个地方讨论一下现在的情况。"阿梓犹豫了几秒钟,点了点头,跟他说:"可以。"

虽然不确定能不能相信他,但似乎对方也没有马上要加害自己的意思。阿梓觉得不妨先听听他们的话,看看到底是什么情况。

月村带着阿梓和戴眼镜的女人返回房间,和刚才的一男一女一起，五个人面对面围成了一个圆。

房间里弥漫着凝重的气氛，月村首先开了口，向大家介绍了自己。

"那个……月村先生，你刚刚说，我们大家都是被绑架到这里的对吧？"

听了阿梓的问题，月村用力地点了点头。

"是的，等我醒过来的时候已经在这个房间里输液了。你刚刚也是一样吧？"

"是这样没错，可是我醒过来的时候穿的是这一身衣服，为什么大家都穿着自己的衣服呢？"

听阿梓这么说，身旁戴眼镜的女人神情变得有点害怕。她点了下头，表示同意阿梓的说法。

"我刚刚也是一直穿着病号服的，连内裤都被脱掉了……还被穿上了尿布。但是自己的衣服就放在床边的手推车上，所以就换上了，这两位也是一样的情况。"

月村抬起头用下巴指了一下已经换上自己衣服的一男一女。

"所以说大家刚刚都是跟我一样的？"阿梓还是不确定要不要相信月村的话，她又确认了一遍。

"对的。我刚刚也跟你们二位一样，刚起来的时候很是慌张,急急忙忙就冲到卫生间去了。"

"那是多久之前的事情呢?"

"大概三十分钟前吧。"月村看了看天花板,"我刚从洗手间出来的时候,那边的小早川先生就过来了。他那时候神志不清,抓住我问:'你对我做了什么?'我费了好大劲儿才跟他解释清楚。"

阿梓观察了一下那个叫小早川的穿马球衫的男子。他年龄大概比自己大一点,身高比月村稍微矮一点,但看上去很强壮,透过衣服都能看出壮实的胸膛和胳膊。

那个男人摆出一副臭脸,向其他人介绍了自己。

"小早川贤一,三十二岁。我也是外科医生,在南阳医大世田谷医院的腹部外科上班。刚刚也是一醒来就发现自己穿着病号服躺在床上了。"

他跟月村都是外科医生?阿梓不禁皱了下眉头。

"又过了几分钟,这位女士醒过来了,她一开始也是慌张地大喊大叫,后来是小早川先生想办法让她冷静下来了。"

月村把目光转移到化了浓妆的女人身上。女人低着头,眼睛朝上看着大家。

"怎么了?刚刚不是做过自我介绍了吗?"

"我跟小早川先生是知道了，但她们两个还不知道。"

月村的语气好像法官一般，女人小声嘟哝了一声。

"樱庭和子，工作是外派职员。这下可以了吧。"

她好像相当不高兴，只交代了最基本的信息。阿梓斜瞥了她一眼。

只见这个女人穿着合身的连衣裙，身材相当不错，也很漂亮，可能是妆化得太浓的缘故，浑身上下都透着一种色情行业的味道。她没说自己的年龄，但看上去应该不止三十岁了。

"我们每个人醒来的时间不一样，可能是因为体形的区别。我跟小早川先生体形大一点，所以镇静剂失效得也快。"

"镇静剂？"戴眼镜的女人高声问。

"对的。大家醒来的时候都在输液吧。恐怕那注射的就是镇静剂了。镇静剂失效后我们才醒来的。"

听了月村的说明，戴眼镜的女人一边微微颤抖，一边咬自己的指甲。

"啊，嗯。我叫仓田梓，是新宿丰明医院手术部的护士。"

阿梓注意到月村等人的目光注视着自己，于是缩了缩脖子做了自我介绍。月村听她说完瞪大了眼睛。

"护士？原来你也是医疗从业人员？那你呢？"

月村讲话的时候提高了声调，他又把目光移向戴眼镜的女人。

"七海……七海香，是青蓝医院的麻醉科医生……"女人把手指甲从嘴里拿开小声说道。

青蓝医院？阿梓好像之前在哪里听过这个名字，她皱了皱眉头。

"被绑架的五个人里有三个医生和一个护士吗？这是怎么一回事啊？"小早川边说边不耐烦地用脚跺着地板。

"请问……这里就只有我们五个人吗？"

阿梓小声问道，月村点了点头。

"我们刚刚回来检查了房间，这里就只有我们五个人。你看。"

月村摆着手稍微移动了一下。原来房间四周被围着床的帘子遮住了，现在大家看见了房间的全部。

这是一个相当大的房间，大概有一个篮球场那么大，天花板也很高，在开放的空间里并排摆着二十张老旧的床。其中有五张床被从天花板垂下来的帘子围着，阿梓之前睡的那张床也在其中。

"有五张床挂着帘子，每张床上睡了一个人。我醒过来换好衣服之后打开帘子检查过，当时你们就躺在床上。"

听月村这么说，阿梓生气地望着他。

"那为什么不叫醒我们？就算不叫醒我们，起码可以帮我们拔掉输液管啊！"

"别那么大声说话啊，听得我头都疼了。"小早川不耐烦地说。

小早川的体重恐怕是自己的两倍，阿梓看见他瞪着自己，不禁向后退了一步。

"你是叫仓田小姐没错吧，你这是站着说话不腰疼。我们当时也是很慌乱的好不？还有工夫帮你小心拔掉针头，然后叫醒你？再说了，我们怎么知道你不是真的病人，是否进行着必要的输液呢？"

小早川的语气很不客气，说的话却在理。阿梓低下头说："对不起，是我搞错了。"小早川斜眼看了她一下，用鼻子"哼"了一声。

"这里……是什么地方呢？为什么我们会在这种地方呢？"七海香比阿梓还恐慌，她提问的时候声音提得很高。

"不知道。从设备看应该是医院，但是这里的东西都老旧了，看起来好像最近都没使用过。"月村讲这话的时候声音很僵硬。

地板上确实积了薄薄的一层灰，墙壁和天花板上的污渍也很明显。

"有人联系过警察吗？跟警察说我们被绑架了！他们什么时候能来救我们？"

七海香把身体向前靠，小早川撇了下嘴。

"都说了不要那么大声音了，我们连这里是哪儿都不知道，更不可能把警察叫来的。"

"可是，只要手机连得上网的话，不就能知道位置……"

"你倒是说说哪来的手机啦？"

之前一直保持沉默的樱庭突然不耐烦地打断了七海香的话。七海香"啊"了一声，眨了眨眼睛。

"就是说啊，你现在身上有手机不？如果有的话就请你立即报警好了。我之前倒是把手机放在包包里，现在却不见了，这两个人也是一样的。肯定是被绑架我们的人拿走了。"樱庭抬起下巴指了指月村和小早川。

"那，那我们快点逃离这栋楼吧，趁抓我们的人还没回来。"七海香说话的声音很尖。

小早川听了她的话撇起了嘴，露出嘲笑的表情。

"要是能跑的话早就跑了。你看看那边。"

阿梓顺着小早川所指的方向望去，不禁惊讶地叫了起来。只见墙壁上有一块用金属封住了。

"那难道……是窗口？"

"是啊！这层楼全部窗户都用这种厚铁板封死了。"

阿梓听月村这么说，晃悠着走近了铁板，用拳头往上面捶了一下。铁板发出了沉重的声音，手顿时感到一阵麻痹般的疼痛。看来这块焊上去的铁板比想象中的还厚。再看看旁边，墙壁上有一排这样的铁板，每一块之间的距离是相等的，应该是所有窗户都被焊上了。

"没用的。你醒来之前我就试过好多遍了，那玩意儿一动也不动，根本就打不开。"背后传来小早川的声音。

"那……那边的楼梯呢？"

阿梓按着还有点麻痹的手，快步沿着窗边跑去。她刚刚在房间的一端看见上下楼的楼梯。但当阿梓跑到楼梯附近时却停住了脚步。原来两边的楼梯都被大铁栅栏拦住,楼梯边缘的地上写着"2F"两个字。

"这是怎么回事?"

阿梓双手抓住铁栅栏用力摇晃,栅栏只发出了金属碰撞的声音,没有打开。她看了看下方,原来是被一把巨大的锁头锁着,想要打开栅栏,首先得打开这把锁。

"这边刚刚也试过了,都是浪费时间,你先冷静一下。"

阿梓转过头来,小早川已经走到她身边了,此时正用冰冷的眼神看着她。月村、樱庭和七海香三个人跟在他后面。

"一开始以为能用力打开这道铁栅栏,但是它没有一点儿松动,看来我们都被困在这层楼里了。"小早川深深叹了一口气。

"你怎么可以这样若无其事?!"

阿梓向小早川叫喊,这时月村站在了小早川身前。

"我们一开始当然也是很慌乱的。其实到现在还没有完全冷静下来,不过我们找到了一些奇怪的东西,我觉得应该先集中精力研究一下。"

"奇怪的东西?"

阿梓小声重复了一句。月村说:"就在这边。"他边说边挥着手,阿梓跟在他后面,其他人也跟了上来。

月村往房间的方向走,走到一半左右他停了下来,说:"就是这里。"他手指着阿梓刚刚检查过的另外一边墙壁。上面写着一些字,看样子是用喷漆喷上去的。

拎直衣襟[1]

寻找发现真相的

钥匙

——Clown[2]

---

1 原文为"襟をただす",直译为"拎直衣襟",引申义为"端正态度、认真对待"。——编者注。如无特殊指出,以下均为编者注。
2 即"小丑"。

在"Clown"的下方画着一个样子丑恶的小丑。阿梓缩了缩脖子，在写了字的墙上还装着一个不知道用来干什么的液晶计时器。

"这几句话是什么意思？还有这个'Clown'和这个小丑的画是……"七海香走到阿梓身旁小声问道。

月村耸了耸肩。

"真是让人摸不着头脑。但总觉得很恶心。"

"这应该是绑架了我们的犯人留下的信息吧。"阿梓小声说。

月村侧过头来问道："这是怎么一回事？"

"'Clown'的意思应该是马戏团里耍杂技的艺人吧。"

"那就跟小丑是一样的意思喽？"

"严格意义上说有细微的区别，但说是一样也行。既然是这样的话，这个'Clown'和小丑的图画应该就是类似署名一样的东西了。"

阿梓点了点头说"嗯"，又指着计时器说："那些数字呢？"

"6:08:46""6:08:45""6:08:44"……

液晶计时器上的数字一边闪烁一边减小。

"这里的数字变成'0'之后会发生什么事情呢？"

没有人回答七海香的问题。四周弥漫着不祥的空气，阿梓感到一股寒气。

"六小时八分后，刚好是晚上十点。"

小早川挽起衬衫的袖子看时间，阿梓看着他瞪大了眼睛。

"原来你是有手表的吗？"

"嗯？手表没有不见，只是手机不见了而已。现在是四月十九日，刚过下午三点五十分。"

月村也挽起了外套的袖子，看了看自己的手表，小声说道："嗯，确实是这个时间。"

四月十九日……对了，我是在四月十八日晚上……那是来到这里之前的最后的记忆了。阿梓回忆起之前的情形，她闭上眼，咬紧牙，努力回忆那时候发生的事。

"不对啊，你们怎么知道手表的时间是正确的？或许是犯人调过的呢？"

樱庭讲话的声音很大，打断了阿梓的思考。

"我这可是无线电手表，只要人在日本，就能显示日本的正确时间。"

小早川粗鲁地指着自己的手表，樱庭对他不屑一顾，说："话可别说得太满。"

"你怎么这么说话!"

"你才是怎么这么说话呢,别以为自己长得壮就很厉害了。"

小早川跟樱庭怒目而视,月村连忙站在两人中间。

"你们都先冷静。话说这句话到底是什么意思?'捋直衣襟,寻找发现真相的钥匙'?"

"应该是逃离这里的提示吧?"

在场的所有人都盯着自言自语的阿梓看。

"提示?那是什么意思?"小早川往前走了一步。

"啊,我只是在想……'寻找钥匙'这句话的意思。或许这里所说的'钥匙'就是楼梯的铁栅栏上那把锁头的钥匙吧?"

"那么说,钥匙是藏在这层楼里的某个地方吗?"樱庭高声问道。

"这也只是我的猜想啦……"

"就算真的有钥匙,那整句话是什么意思?什么真相啊,衣襟啊之类的,根本不知道他想表达什么嘛!"小早川边摇头边说。

"要是按字面意思来理解的话,大概是要我们把衣服整理好,仔细搜索,寻找放钥匙的地方,也就是'真相'的所在吧?"

"开什么玩笑!到底是谁想出来的恶作剧啊?我最讨厌这种无聊的游戏了!"樱庭拨乱了染成棕色的头发。

游戏?这确实就是游戏……阿梓的脑海里浮现出一个男人的身影,他露出少年般无忧无虑的笑容,同时胸口感到一股尖锐的痛楚。

"请问……"七海香略微做了一个举手的动作,"请问我能先换件衣服吗?穿成这样实在很难冷静下来……"

阿梓也低头看了看自己,原来现在还穿着薄薄的病号服,而上衣的下方则是……刚刚因为慌乱而忘却了的羞耻感重新出现了。

"啊,嗯,当然可以。确实还是要穿原来的衣服比较自在一点。"月村连忙回答。

七海香说了一句"不好意思",便低下头来,小步走向一张围着帘子的床。

阿梓也说"那我也先换件衣服",说着便走向身旁的一张床,然后拉上了帘子,用白色的帘子围着自己。

阿梓长长舒了一口气,忽然感到有点头晕,于是扶住了床边的栏杆。

现在暂时摆脱了恐慌状态，内心却还是很混乱，就像在棉花上走路一样无法踏实。她到现在都无法相信刚刚经历的一切是真实的。

这样可不行。阿梓用双手用力拍了两下脸，发出了清脆的声音，伴随着一股痛感，把刚刚的头晕驱散了。

这就是现实。我被不知道什么人绑架了，得想办法逃出去才行。

首先要跟一起被监禁的人合作……阿梓边解开病号服的衣绳边想，突然背后传来一股寒意，她下意识地用手抱住身体。

这些人真的可信吗？或许绑架大家的犯人就假装成受害者混入了其中，甚至也不能排除就是他们几个合伙把她监禁起来的可能性。

或许是因为镇静剂失去药效了，这时候她的脑袋运转得飞快。在这些清晰的想法里，不断浮现出各种不吉利的假想。

这里的几个人一个都不能相信，绝对不能掉以轻心，从而慢慢找出最佳的出路。

阿梓下定了决心，她把手伸进病号服中脱掉了尿布，拿起手推车上的内裤迅速穿在了身上。她看了看四周，确认帘子没有空隙，于是脱下了病号服，连忙穿上了内衣、牛仔裤和长袖衬衫。她又发现床下放着自己的鞋子，于是穿上了鞋子。她从包里拿出了卡套，塞进了牛仔裤的口袋里。

穿回自己的衣服后，之前的不安稍微消减了一点。阿梓轻轻舒了一口气，闭上眼睛，脑海里浮现出墙上写的文字。

"捋直衣襟，寻找发现真相的钥匙。"

捋直衣襟，意思是打起精神、端正态度。这难道是对我们这些被监禁的人的日常行为有所不满？

不对，不是这样的。阿梓摇了摇头。这里用的不是抽象的意思，而应该更具体一点，犯人是要向我们暗示"钥匙"所在的地方。

"捋直衣襟……"阿梓不经意间自言自语起来。

为什么是捋直而不是理直呢？

莫非是这个意思！阿梓猛然抬起头来，拿起刚刚脱下放在床上的病号服，握着衣襟往下捋，手指摸到一处明显硬一点的地方。

就是这个！阿梓把病号服拿到眼前仔细观察，之前衣襟内侧有一处被剪开了，里面塞了一块小物体，之后又仔细地缝好。阿梓把那一处拿到嘴边，用犬齿咬住线往后拉。线很容易就被拉断了，看得到剪开的部分，阿梓用手指把里面的物体取了出来。

"找到了！"

阿梓一把拉开帘子喊道。

月村、小早川、樱庭三个人正直直地盯着墙上的文字看，听见阿梓的叫喊马上转过头来。阿梓用大拇指跟食指捏着刚刚发现的物体给他们看。那是一块长三厘米左右的塑料卡片，上面写着一个"里"字。

"就是这个，我发现了这个。"

"那是什么啊？"樱庭走近了一步。

"这就是指示，'钥匙'所在之处的提示。墙上写的文字是提示，按照提示就能发现它了。'捋直衣襟'说的就是这么一回事！"阿梓一连说了好几句话。

"仓田小姐，你先冷静一下。能不能用我们容易理解的方式解释清楚？"

听月村这么说，阿梓深呼吸了几下，由于过度兴奋而变得混乱的头脑也逐渐冷静下来。

这时候七海香也换好衣服了，她拉开帘子，从床上下来，说："请问发生什么事了吗？"她里面穿着纯色T恤，外面披着牛仔外套，下半身穿着长裙，搭配着她的黑框眼镜，看起来像是要去哪里郊游的样子。

"'捋直衣襟'这句话为什么要用'捋'字呢？"阿梓指着墙上的文字疑惑道。

"不过是写字的家伙的习惯吧？"小早川抓了抓头上的短发。

"嗯，要这么解释的话也是可以的，但是也可能是故意这么写的。"

"故意这么写？为什么呢？"月村皱了皱眉头。

"这是为了提醒我们。如果这里用常用的'理'字的话，意思就不一样了？"

"意思不一样？"

"是的，这里的'捋'字意思是让我们仔细检查衣服上的衣襟！"

听完这句话，四个人瞪大了眼睛。他们几乎同时伸手去摸身上的衣服。

"不是在自己的衣服上，而是在一开始穿着的病号服里面。那件衣服的衣襟里应该放进了塑料卡片的，我们要把那个都找出来。"

听了阿梓的提示，四个人相对看了一眼，分别跑向围着帘子的几张床。然后就传来了"找到了""我也找到了"的叫声。之后大家又拿着塑料卡片聚到一起。

"大家把发现的东西都拿过来吧。"月村张开拿着塑料卡片的手。

阿梓等人逐一把自己手中的卡片放在他的手上。

五张卡片上分别写着"里""床""面""就""在"五个字。

"就在床里面!"阿梓说话时提高声调,声音里似乎略带高兴。

"我们分头检查一下那些床吧,钥匙一定就在里面。"

听月村这么说,所有人都开始搜索就近的病床,阿梓也从身边的一张床开始寻找。她趴在地上看床底下,又反复翻床垫,然而并没有找到钥匙的踪迹。

"这里找不到啊!有谁找到了吗?"

远处传来樱庭的声音。阿梓找到第五张床,她抬起头来,发现楼层里全部病床都被他们翻了个遍。

"什么嘛!明明什么都没有!"

小早川怒气冲冲地掀翻了床垫。

"小早川先生,冷静点!"

月村刚说完，小早川又往床垫打了一拳。

"怎么冷静得了！这个'就在床里面'分明是要看我们笑话！"

不可能是这样的，阿梓听了小早川的话心里这么想。她看着墙上的字，写这个的人一定是懂得"游戏"的设计方法的，只要遵守某种规则的话，一定能找到线索的。

"请问……刚刚有看过那边吗？"七海香有点腼腆地指了一下洗手间方向的走廊。

阿梓想起来那条走廊的尽头有一扇门，她大声叫道："值班室！对了，走廊那边是值班室。值班室应该也是有床的。"

阿梓边说着边往走廊跑，她来到走廊，走过洗手间，打开了走廊尽头的门，里面是一个不足十平方米的小房间。房间里的柜子都生锈了，办公桌也是旧的，旁边放着一张看起来就很便宜的床。

阿梓靠近那张床，双手用力塞进了床垫底下。这时候其他人也走进了房间。月村跟他们说："我们也去帮忙。"于是大家并排着把床垫往上抬。他们把旧床垫翻了过来，扬起了大量灰尘。透过灰尘，阿梓看到床垫的下方用透明胶粘着一块小金属。

"找到了！就是它！"阿梓举起了拿起钥匙的手。

"……你这个人到底怎么回事？"

背后有人用低沉的声音说了一句话，好像一盆冷水浇在阿梓头上一般。转过头来，只见樱庭站在门口附近，用冰冷的目光看着阿梓。

"嗯？怎么回事？就是发现了钥匙啊！"七海香小声说。

樱庭大声对她说："你给我闭嘴！"

七海香连忙低下了头。

"我说，你怎么就知道钥匙在这里呢？"樱庭大步走近阿梓。

"就是，按照墙壁上的字的指示找到的啊……"阿梓不知道樱庭为何会如此激动，只能慌慌张张地回答。

"就从墙上写的那些东西？在我看来那不过是恶作剧罢了！"

阿梓想跟她解释，可对方却没给她插嘴的机会。

"现在回想起来，刚刚你知道被困在这里的时候，很快就冷静下来了呢！我可是花了很长时间才能平复心情。哦，不对，我是到现在还没能平复下来，不像你，还有心情思考钥匙到底藏在哪里。"

樱庭一边说，七海香一边轻轻点头。樱庭眯着眼睛用怀疑的眼神看着阿梓。

"你之所以能够找到钥匙，是因为你本来就知道钥匙在哪里吧？你该不会就是囚禁我们的犯人本人，故意让我们害怕，看我们的笑话吧？"

"怎，怎么会……"

阿梓情急之下连口齿都变得不利索了，而樱庭以外的三个人也向她投来怀疑的眼光……

居然在这种极端的情况下被别人怀疑，阿梓被吓得不知道该怎么办。尤其是小早川，从他方才的行为看来，应该是个野蛮的男人，说不定他会用暴力手段强迫自己说出逃离的办法。

"是你把我们关在这里的吗？"小早川低沉地说，边说边向阿梓靠近。

一定要想办法跟他们解释清楚，但是要怎样才能消除他们的疑惑呢？

"喂，你怎么不说话了！"小早川伸出了粗壮的胳膊。

"是因为我喜欢玩这种游戏！"阿梓蜷缩着身体喊道。

小早川的手本来已经要抓住阿梓的肩膀了，此刻却停在半空中。

"游戏？"

"是的。我很喜欢玩的一种游戏跟现在的状况是很相似的。在那种游戏里也一定会有人在墙上写上提示……所以我一看到墙上的字就明白了……"阿梓拼命地解释。

小早川住了手，他在观察身旁的樱庭的反应。

樱庭拉着脸，不耐烦地说："你在说什么啊！游戏什么的到底是怎么一回事！"

"是密室逃脱游戏！"阿梓大声说。

"密室……逃脱？"樱庭皱了皱眉。

"是的。游戏规则是参加游戏的人进入一个密闭空间里，通过解密和寻找提示找出逃离的办法！现在的状况跟密室逃脱一模一样。"

大家都露出大惑不解的表情。

"那么说的话，把我们绑架到这里也算是游戏的一个环节吗？这种游戏是像这样子强制别人参加的吗？"

月村露出一脸"理解不了"的表情，不断地摇头。

"不是的。一般的情况是要给工作人员交钱，工作人员把你带到游戏的地点，参加者要在限定时间内解开谜团逃出建筑物。"

"哦，原来如此。原来是这样的一种游乐方式。但是，那跟现在的情况差别很大吧。"

"是的，不过囚禁我们的犯人很明显是有意识地设计一款密室逃脱游戏。在墙壁上写字就是密室逃脱的常见套路。所以我才一下子明白犯人，也就是'Clown'的意图。"阿梓一口气说罢，又观察了一下小早川和樱庭的表情。

"那样的话……那个什么游戏应该怎样进行啊？"沉默了好几秒后，樱庭小声问道。

阿梓松了一口气。虽然这些人的疑惑并没有完全消除，但最起码逃过一劫，暂时不会马上加害自己了。

"使用这把钥匙一定能打开楼梯的锁头的。下一步应该是打开栅栏，前往别的楼层。"

没有人反对阿梓的提案。于是五个人离开值班室，阿梓走在前面穿过了走廊。

"仓田小姐……请问……"七海香开口问道。

"嗯？怎么了呢？"

阿梓停下了脚步回过头来，七海香正注视着写了喷漆文字的墙壁。

"在游戏里,是要尽可能地在限定时间里逃离建筑物的对吧?"

"嗯,确实是的……"

"那之后会发生什么呢……如果限定时间到了的话?"

阿梓用颤动着的手指指向了墙壁上的液晶计时器。计时器上的数字是"5:49:21"。

阿梓一下子说不出话来。一般的密室逃脱游戏,如果时间到了的话游戏就会自动结束。

现在剩下不足六个小时。如果到时候还没能逃出建筑物的话……阿梓感到一股说不清楚的不安,全身都起了鸡皮疙瘩。

"走吧,现在先集中精力离开这一层。"

月村催促两人。于是阿梓等人来到了楼梯前,阿梓拿起上楼方向的锁头,把钥匙插进锁孔,转动钥匙,却只感到一股强大的抵抗力,锁纹丝不动。

"开了吗?"背后传来小早川带着期待的声音。

"没有,看来不是这把锁的钥匙。"

"那或许是下楼梯的钥匙,也试试那边吧。"

阿梓在小早川的催促下来到了下楼梯的栅栏前,她把钥匙插进锁孔,并没有抱太大期望。一般在密室逃脱游戏里，下到一楼都是最后一步。通常的设计是先上楼，在上面的楼层完成了任务，最终才能来到一楼出口逃离建筑物。

手一用力，锁头里没有阻挡，钥匙就转动了，之后便轻轻传来一声开锁的声音。阿梓"咦"了一声，锁头打开了。

"这不是打开了吗！这下子应该能逃离了吧？"

樱庭好像要推开阿梓一样打开了铁栅栏向楼下走。月村说："我们也走吧。"于是阿梓也走下了楼梯。铁门好像会自动关上一样，从背后传来了金属碰撞的声音。几个人走到中途转弯的地方，来到一片黑暗的一楼。楼梯附近还有一点从二楼传来的光，再往前却是一点光都没有。

"啊，这儿有开关。"月村伸手打开了楼梯一侧的开关。

荧光灯的光猛地充满了整个楼层。阿梓一下子适应不了光亮，于是迅速伸手挡住眼睛。过了一会儿，一楼的整体映入眼帘。这里是一个宽广的空间。跟二楼相比稍微小一点，但也有小学教室那么大。如果这栋建筑确实是一家医院的话，这里就应该是接待处了。

楼层的正中间放着无数的红色塑料桶。塑料桶大概能装二十升液体的样子，地板上打了四个桩子，围上了带刺的铁丝网，把塑料桶围了起来。

阿梓的目光落在了挂在铁丝网上的一块告示板上。

爆炸物危险

不要碰！

——*Clown*

几个人像是被吸引住一般走到告示板跟前。阿梓站在铁丝网前咬住了嘴唇。

在这几十个塑料桶的中心有一个巨大的液晶计时器，上面闪烁着不祥的红色数字。

3

液晶画面上的数字是"5:42:46""5:42:45""5:42:44"……数字不断减小。每闪烁一次,都有一种从视野远去消失的感觉,阿梓感到一种错觉,好像这些数字在不断向自己袭来一般。

从计时器延伸出几十根电线,将计时器与塑料桶间隔的看起来很复杂的装置连在一起。

"什么嘛!这什么狗屁爆炸物啊……"

小早川把手伸向带刺铁丝网的另一边,阿梓不禁吸了一口气。

"住手!"一声大喝在房间里回荡。

此时小早川的手都快要碰到塑料桶了。

"你没闻到味道吗?"月村用锐利的目光盯着

小早川。

"味道？"阿梓把注意力集中在嗅觉上。从鼻尖传来一股带刺激性的味道。

"汽……油？"阿梓环视了地上的几十个塑料桶。

"对的，这肯定是汽油。要是点着了的话，不仅这层楼，连整栋医院都要化作火海的。"

听了月村这句话，大家都哑口无言。

"这就是……游戏结束……"七海香小声沉吟道。

"那，那么说，计时器到了'0'的时候……"

樱庭颤抖着手指指着不断倒数的计时器，月村点了点头。

"大家都看到了，塑料桶连着装置，装置又连着计时器。大概等计时器的数字变成'0'的时候，汽油桶就会点火，然后就会发生大爆炸。"

"那我们得在爆炸之前解除装置！赶紧的！"樱庭尖叫着走向铁丝网。

"你先别急！"

月村喝住了樱庭。

"你仔细看看，与汽油桶相连的装置彼此之间都是连着的，硬是拔出引线的话，很可能其他装置就会启动点火！"

"那，那你倒是说说现在该怎么办啊！"樱庭双手抓住月村的衣领。

"你先冷静冷静。深呼吸几下。"月村一边说一边看着樱庭的眼睛。

樱庭终于松开双手，按照月村的指示深呼吸起来。

"大家也调整呼吸冷静一下。"月村环视众人。

阿梓用手捂住了胸口。确实不知从什么时候开始自己的呼吸变得急促起来。

"首先我们要确认一下情况。"月村看大家已经冷静下来了，便大声说道。

"确实，这样下去很可能这栋医院会化作火海，但那也是五小时四十分钟后的事情……仓田小姐。"

月村突然叫了阿梓的名字，她连忙回答道："在！"

"你刚刚确实是说，那个什么……逃脱游戏什么的是有限定时间的，限定时间到了就是游戏结束了对吧？"

"嗯，是的，是这么说过。"

"那样的话，这里的大量汽油，我可以理解为在游戏结束的时候才会引爆吧？"

"游戏结束就要烧死我们？别开玩笑了，到底是谁要这样做啊？"小早川愤怒地说。

"就是自称'Clown'的人了。然而，现在最重要的不是那是谁，而是我们应该怎么办对吧？"

小早川听了月村的话，虽然很生气，但还是点了点头。月村又转向了阿梓。

"仓田小姐，我们现在应该怎么办，你能指导我们吗？"

"指导？我来吗？！"阿梓提高了声线。

"刚刚是你说的，现在的状况跟某种游戏类似，你又很懂那种游戏的玩法，那么，现在我们应该怎么办，由你来决定的话，我觉得是最合理的。"

"可是，我参加的顶多就是游乐项目，像这种……一旦失败了连命都没有了……"阿梓边说边微微摇头。

"仓田小姐，你看着我的眼睛！"月村向前走了一步，双手抓住阿梓的双肩。

月村鼻梁挺直，双眼炯炯有神，脸庞很整洁，长得像个演员。他的脸充满了阿梓的视野。

"确实这不是游乐项目，失败了就会死亡，简直是疯狂的规则。但是我们现在的状况，除了参加游戏也没有别的选项了。所以请你教我们，我们现在应该怎么做才能脱险？"

月村的话语强而有力，似乎直击心灵一般。阿梓犹豫了几秒，还是紧闭着嘴唇点了点头。月村微笑着松开了抓住阿梓双肩的手。

阿梓一只手放在嘴边，来回踱步思考。她让沸腾一般的脑细胞冷静下来，大脑开始运作。

"首先，我们最好不要碰这些塑料桶。"

"凭什么这么肯定？"樱庭咬着牙说。

"因为告示板上写着'不要碰'。密室逃脱游戏的一大要领就是要遵守游戏指示。不然的话游戏就结束了。而我们现在的情况是，游戏结束……就意味着死亡。"

樱庭点了点头。她的脸上涂了厚厚的一层粉底。

"不过，如果我们能解除装置的话，那就算不玩游戏也能逃脱吧？是不是应该不按照犯人的思路走比较好……"七海香做了个举手的动作小声说道。

"话虽如此，但看上去这些设备都很复杂。没有专业的知识恐怕很难拆除。这么说吧，拆除装置是我们的最后一个手段。好在现在离装置启动还有好些时间。"

"你能确保计时器数到'0'之前装置不会启动

吗？"这次是小早川开口。

"确保……不了。可是对方如果想要杀害我们的话，他任何时候都可以动手。然而他并没有这么做，而是硬拉我们玩这个游戏。这个自称'Clown'的犯人大费周章地设计了游戏，应该不会自己打破规则才对。"

"可这不是绝对的，是吧？"小早川低声说道，话语里充满了紧张。

"这是概率问题啊，小早川先生。但至少我们几个人都没有拆除装置的能力。既然如此，我们只能先寻找拆除装置以外的办法了。"月村的话犹如裁决一般。

小早川虽然表情僵硬，但也无法反驳。月村催促阿梓："请继续。"

"好的。一般的密室逃脱游戏，是要参加者完成一个接一个的任务，以此一步一步靠近出口。"

"任务？"月村歪着脑袋。

"比如说通过做任务来找到二楼钥匙之类的。就像刚刚的情况，我们从墙壁上写的字找到了藏在病号服里的塑料卡片，又根据提示在床上找到了钥匙。之后我们就来到了一楼，在一楼这里肯定也有类似的任务指示的。首先我们要把指示找出来。"

"那么说,我们现在应该在这一层里分头寻找对吧?"月村不自信地低声说道。

阿梓回答说:"是的。"

"那就快点去找啊!都没多少时间了!"樱庭大声说。

大家听她这么说,便不约而同地离开放塑料桶的地方,阿梓先环视了楼层四周。

墙壁上嵌着好几块铁板,看来一楼跟二楼一样,都用铁板把窗户封死了。

这时传来了金属碰撞的响声。阿梓望向声音传来的方向,那是在塑料桶的对面,小早川正粗暴地想要打开一扇对开门,门上写着"手术部"三个字。门锁用一副巨大的铁链拴着,他怎样也打不开。铁链上挂着一把锁头,跟二楼铁栅栏上的锁头是一样的。

"可恶!开什么玩笑!"小早川边骂边踢那扇门。

阿梓先不看他。从接待处往里走有一条走廊,走廊左右有门,尽头是电梯。七海香正想办法打开右手边的门,而月村则在研究电梯。

"有发现什么吗?"阿梓从远处问那两人。

月村摇了摇头。

"跟二楼一样,电梯门被焊死了,用不了。"

"这里的两扇门也焊上了,没办法打开。"七海香边摆弄右手边的两扇门边说。

"明白了。那再搜索一下那一边吧?"

阿梓转过头来走近另一侧的墙。墙上有一块高两米、宽三米的巨大铁板。她把手伸向铁板,手指的感觉是又冷又硬的。

如果说这一层是接待处的话,那从建筑构造看来这里应该就是正面大门了。这时候,阿梓注意到视野的边上有件什么物品。原来在身旁的墙壁上贴着一个小小的塑料板。

"大家过来一下!"她高声喊道。

小早川就在她附近,他说:"发现什么了吗?"说着便跟樱庭一起走了过来。在走廊上搜索的月村和七海香也过来了。

"大家看看这个。"阿梓指了指墙壁上贴着的塑料板。

那是建筑物的平面图。

"原来是平面图啊……为什么要把医院的名字涂黑呢?"月村小声说道。

〇〇医院 各楼层平面图

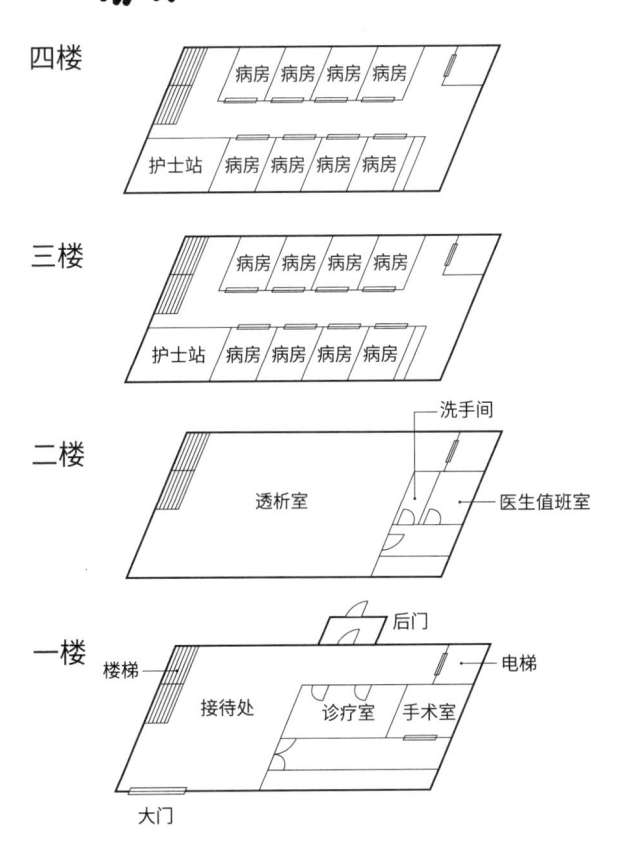

四楼: 病房、病房、病房、病房、护士站、病房、病房、病房、病房

三楼: 病房、病房、病房、病房、护士站、病房、病房、病房、病房

二楼: 透析室、洗手间、医生值班室

一楼: 楼梯、接待处、后门、诊疗室、手术室、电梯、大门

47

阿梓点了点头。

"嗯,我也注意到了,这说不定是提示。"

"什么嘛,这根本不是逃离的办法啊!医院的名字涂黑了有那么重要吗?"小早川一边说一边不高兴地摇头。

"嗯,其实我也不知道到底重不重要……"阿梓不确定地说。

"既然不知道就别站在这儿瞎看了。现在应该先找出口才对吧。"

小早川转身大步向走廊方向走去。没过几秒,樱庭也跟了上去。

"就让他们先找吧。我们再研究一下平面图。"月村耸了耸肩望着平面图。

"我刚刚察看的那扇被焊上了的门,原来里面是诊疗室。"七海香指着平面图说。

"我们之前躺着的二楼是透析室,三楼和四楼是病房啊!从楼层规划看来,既然有透析室,应该是设计成肾病患者入院的疗养型医院。这种医院也是很常见的,但是为什么偏偏要涂黑医院的名字呢?"月村自言自语着。

这时候远处传来了小早川的声音。"哎!大家快过来！我找到了！"

阿梓等人马上转过身去。

"好像发现了什么，我们快去吧！"月村大声说。

阿梓等人穿过塑料桶所在的地方，来到了刚刚月村等人研究过的走廊前。然而小早川和樱庭却不在走廊上。

"小早川先生，你在哪里？"

"在这边，快过来！"

声音是从走廊左边开着的一扇门里传来的。阿梓沿着走廊向前走，往门里望了一眼。

门里的房间有十二三平方米。里面放着一个齐胸高的鞋柜，鞋柜上有个上班用的打卡机，上面落了一层灰。墙壁上还挂着一块软木板。阿梓看了看计时器上的液晶显示屏，撇了下嘴。显示器上面的数字是"5:31:54"，数字在不断地闪，那自然是游戏结束的时间了。阿梓强迫自己把注意力从计时器上挪开，继续观察房间的内部。

房间里随意摆着一只塑料桶和一些毛巾，桶里装着水。正面则是一道铁门，大概是医院员工出入用的后门。门的一边装上了一个数字键盘。

这就是逃脱的出口。只要在数字键盘上输入正确的数字,门就能打开,就能离开这里了。阿梓回想起之前玩过那么多次的密室逃脱游戏,又看到这个键盘,她马上做出了判断。然而比起数字键盘,旁边的墙壁更加引人注目。

出口左侧的墙壁上有不少光泽。那是新涂的油漆的光泽。墙壁上写着几个大字。

寻找 0918 的真相
这样才能把门打开

——Clown

"0918 的真相?那是什么意思?"月村侧着头看。

"先别管那个,这扇门是没焊上的,肯定是从这里开门了。"

小早川不管墙上的字,走近那扇门。他抓住门把手一扭。只听见一声沉重的响声,门却没有打开。小早川重复用力扭了几次,门还是一动不动。

小早川一边不耐烦地抱怨一边把手伸向门边的

数字键盘。他的手碰到键盘的一刻,键盘发出了轻微的电子声。

"你想干什么?"樱庭问道。

小早川却没回头。

"先随便输入些数字,说不定猜中了门就开了。反正先输入这里写着的'0918'吧。"

数字键盘上方的液晶显示屏上出现了"0918"四个数字。阿梓想要制止他,但在她慌忙开口之前传来了一个更响亮的声音。

"请停手!不可能轻易就打开的!"

说话的是阿梓身旁的七海香。她叫喊的声量跟她娇小的身躯显得很不相称。小早川回过头来瞪着七海香看。

"别废话!不试试怎么知道不行?"

"输错了怎么办?!"

"你怎么那么多废话?输错了就一直试到正确为止呗!这是四位数字的组合,只要试上一万遍肯定能对的。现在不还有五个多小时吗?应该是够时间的。比起玩无聊的游戏,还不如用这种方法好。"

小早川伸手就要去按数字键盘上的"Enter"按钮。

51

"都叫你住手了！"七海香又一次生气地喊道。

小早川也在生气地抓头发。

"你们到底是怎么了？我这分明是切实可行的办法。与其去玩这种傻瓜般的游戏，还不如用这种直接的办法……"

"你能保证不会爆炸吗？！"七海香打断了小早川的发言。

小早川不高兴地撇了撇嘴。

"要是输入了错误的号码，或许就会引发爆炸吧？"

小早川脸上充满了犹豫。阿梓下意识地转过头来，看着背后敞开的门。

小早川按下了"Enter"键的一瞬间，汽油桶里冒出巨龙一般的火焰，瞬间吞没整个走廊，将这里的数人都活活烧死。阿梓想象到如此可怕的景象，连呼吸都急促起来。

"胡、胡说什么呢！怎么会发生这种事！"小早川说。

月村却打断了他："不，确实有这种可能。"

"连着塑料桶的装置上有类似天线的东西。很有可能是，在这里输入了错误密码，就会向那边发送信号让装置启动的。"

"就算跟塑料桶上的装置不相连,随便输入数字也是很危险的!错误的密码输过几遍之后,或许就无法再尝试了,到那时候我们也逃不出去!"

阿梓也连忙帮忙说服他。小早川的手还在键盘上,但他脸上露出纠结的神情,手指也开始颤抖。

"可恶!"小早川怒吼着按下了按键。

阿梓感觉到爆炸的预感,吓得抱住了身体。然而什么都没有发生。再看一眼,原来小早川粗大的手指按住了"Clear"键,液晶显示屏上的数字也消失了。

凝结的空气一下子舒缓下来。阿梓长长舒了一口气。她整个人放松下来,坐在了地板上。

"谢谢你打消了那个念头。"

月村向他道谢,小早川不断摆手,好像在驱逐蚊虫一般。

"那现在该怎么办?'0918的真相'该怎么找?"

"嗯,我觉得这大概没找对。"阿梓摇了摇头,"这应该是打开这道门,逃离这里的事,也就是这次游戏的最终目的。要达到这个目的,首先要完成一些小任务,这是密室逃脱游戏的定则。"

"'小任务'到底是什么,具体点说说呗!"樱庭问。她方才往后退了一步观察事情的动向。

"既然这里告诉了我们游戏的最终目的,那从某种意义上讲,我们可以认为这里才是真正的起点;但是这个房间里应该还有其他任务的指示才对。"阿梓一边解释一边扫视房间。

其他人看她这么做,也开始寻找线索。没过一会儿,月村便叫道:"有了!"只见他手中拿着打卡用的纸。

"这纸刚刚是插在打卡机里面的。"

月村把打卡纸翻到背面。

<blockquote>
到手术室去

钥匙在鞋子里

——Clown
</blockquote>

阿梓的目光转向鞋柜。鞋柜上放了好几双室内穿的鞋。

大家都走近鞋柜,逐一检查鞋子。

"找到了！我找到了！"樱庭从鞋子里取出钥匙叫道。

"这一定是进入手术区域的钥匙，大家快走吧。"

大家听阿梓这么说，连忙走出了房间。阿梓在离开房间的一刻止住了脚步，她看着出口的门，思考了几秒钟后拔下了几根头发。头皮传来一阵刺痛，她蹙了蹙眉心忍住疼痛，把头发放在了门上方的门缝里，她让头发显得不那么显眼，又确认已经固定在门缝了，于是转身离开了房间。

阿梓穿过走廊，通过接待处放着的令人头皮发麻的塑料桶，追赶上其他人，来到了对开门前。

樱庭拿着钥匙插进了锁孔，她用力一拧，锁头发出了开锁的声响，之后就掉落在地上，发出重重的声响。小早川双手抓住门把手一扭，门把手发出"吱呀"一声，门打开了。

门后面是一条走廊。右手边挂着一块白板，随便放着一台可移动X光机和点滴架。走廊尽头的右手边、手术室的门口前是手术前外科医生消毒用的洗手盆，左手边就是手术室的门口了。门口也是对开的铁门，门上开了扇小窗。

走廊尽头的区域就是"手术区"，是专门用来清洁消毒的。阿梓是手术部护士,对这个区域非常熟悉。跟一般手术区不同的是,走廊左侧的墙上写了很多大字。

月村沿着走廊前进,他停住了脚步面向墙壁。

"这……应该就是下一步的指示吧。"

"嗯,应该是的。"阿梓走近了月村。

剖开肚子[1]

寻找真相

——*Clown*

"'剖开肚子'是什么意思?"小早川摸着挺直的下巴说。

"一般的用法就是把内心的秘密都和盘托出的意思吧。"月村低声说。

阿梓猛然抬起头来。

"刚刚是什么声音……"

---

[1] 原文为"腹を割る",直译为"剖开肚子",引申义为"推心置腹、开诚布公"。

"声音?"月村眨了眨眼。

"没听见吗?刚刚从不知道哪里传来的。"

这一次传来的声音更明显了。阿梓用手捂住了嘴。这是很低沉的,像是被堵在喉咙里的呻吟声。大家纷纷看着声音传来的方向,那是走廊的尽头。

"那到底是什么?"樱庭侧着头。

"我们走吧,那里可能有人,我们要去确认一下。"

月村大步往前走,阿梓等人紧随其后。他们越往前走,声音越发明显了。那大概是男性的声音。

阿梓走在月村身后,她看了看自己的手,掌心上全是汗。

"声音似乎是从手术室里传出来的。"

月村在洗手盆前停住脚步,手术室的门离他有三米的距离,他看着那道门。正如月村所说,那充满痛苦的呻吟声是从手术室的方向传来的。月村走近门边,通过小玻璃窗看室内,但玻璃窗被涂黑了什么都看不见。

"从这里看不见里面的样子……那么就只能把门打开了。"

月村这句话好像是在给自己打气一般。他长长地舒了口气,用脚踩在了门角落的脚踏开关上。铁质的自动门慢慢地向两边打开,大家看到里面手术室的样子。

室内很黑,只有手术台发出橙色的光。天花板上的荧光灯没有亮,亮的是做手术时用来照亮手术区域的无影灯。

手术台上有一个蓝色的物体。阿梓凝视着那个物体,在那一瞬间,蓝色物体动了一下。阿梓感觉到肋骨里心脏强烈跳动的声音。

"那个……是什么啊……"樱庭小声说道。

手术台上躺着的是一个人。他的身体被蓝色的消毒垫覆盖着,四肢从消毒垫里伸出来,被人绑在手术台边的扶手上。然而,阿梓关注的并不是他被绑着的四肢,而是他的脸。

他的脸上戴着一副面具。

一副泛着丑恶笑容的小丑的面具。

4

阴暗的手术室，以及在手术台上被绑着手脚的小丑。阿梓看见如此诡异的一幕，不禁呆住了。她很快又注意到房间里的墙壁接近天花板的地方有一串红色数字一闪一闪的，此刻显示的是"5:17:31"，这当然又是限定时间了。大概那里也装了一个计时器。

"我们要去帮帮那个人吗？……"七海香犹豫地说。

"帮？那可是小丑啊！"小早川瞪大了眼睛。

"可是他被绑住了，而且还在痛苦地呻吟。"

"胡说什么呢，这里实在太可疑了，说不定就是个陷阱，我们一进去就会中计了呢！"

小早川说的正是阿梓所想的事情。

大家都沉默着，僵在了手术室的门前。但响亮的呻吟声似乎是在精神上责备阿梓一般。

"去帮帮他吧。"月村犹豫着还是开了口。

"喂喂，你没听我刚刚说的吗，这或许是个陷阱呢！"

月村听了小早川的话，轻轻摇了摇头。

"确实有可能是陷阱，可指示说了让我们'去手术室'，那这个小丑或许很可能就是线索。仓田小姐，是这样的对吧？"

"嗯？嗯，确实是这样的。可是我也不确定有没有危险。密室逃脱游戏里确实也有一些情况是要躲开陷阱才能拿到线索的。"阿梓有点慌张地回答。

月村说了一句："不入虎穴焉得虎子？"脸上露出了自嘲的神情。

"我可不想碰那么恶心的东西。"小早川脸都红了。

"我先进去确认里面是安全的，然后大家再进来好了。这样总可以吧？我们越是犹豫，离限定时间就越近，没有时间慢慢讨论了。"

月村的话无疑是有道理的，小早川也没话说了。于是月村看着躺着的小丑，深呼吸了好几回，踏出了脚。

"我先进去了。"

月村走进了手术室左右张望。

"那里有电灯开关吧,先开灯吧。"

"可要小心点,或许开关有陷阱。"阿梓向他喊。

月村回答:"知道了。"说着把手伸向了开关。阿梓闭起了眼睛。

"好像没事。"

听到月村放心的声音,阿梓睁开眼。方才阴暗的手术室变得很明亮。阿梓从门外观察室内,此处的手术室跟一般的手术室有一处明显的不同。

手术室空间不小,男子被绑在左边的手术台上,而众人跟前还放着一块金属构件,看起来像是手术台的台面,台面上方的天花板上装上了一盏沾满灰尘的无影灯,似乎房间里本来是有两张手术台的。可是为什么要放两张呢?

阿梓再环视了房间里,心里那种不对劲的感觉越发强烈了。

绑住小丑的那张手术台靠近床头一侧放着一台麻醉机,这是一台能使用各种功能的新型机器。麻醉机旁边放着一辆大号的手推车,手推车上面大概放着全身麻醉用的各种药剂和器具。手术台的旁边还放着另一辆小手推车，上面放了手术刀，还有喉镜、呼吸管这些全身麻醉手术使用的工具，甚至放着几支注射器，里面已经加满了静脉麻醉剂和肌肉松弛剂。右边墙壁的架子上放满了各式各样的点滴袋、药剂、消毒手套、消毒大褂等手术用的物品。

这简直就是一副随时都可以开始做手术的架势。为何废弃医院里会准备这么一套齐全的设施呢？阿梓想到这里不免感到一阵寒意，不由得全身发抖起来。

房间里的呻吟声更响亮了。阿梓注意到手术台上的小丑此刻正胡乱摆动着四肢，大概是他意识到有人接近，便开始挣扎起来。房间的天花板上装了一个钩子，钩子上吊着点滴袋，输液管随着小丑双手的摆动而摇来摇去。

小丑面具下的人到底是谁呢？阿梓屏住呼吸看着月村，月村小心翼翼地靠近了小丑，他慎重地揭开了小丑的面具。

面具下男子的脸显露出来。他头顶全秃了，面容瘦削，颧骨非常明显。他被人戴上了眼罩，嘴巴也用毛巾堵住了。虽然看不出他的具体年龄，但至少也有五十岁了。

"喂,你可要小心点,看看那家伙真的绑结实了没?"阿梓身后的小早川问道。

月村确认了男子的四肢。

"嗯,都绑紧了的。你们都可以进来。"

阿梓舒了一口气。她跟着小早川等人小心翼翼地走近手术台。男子的四肢似乎被绑得很紧,绑带附近被勒出瘀青,看起来似乎很疼。

"这边的无影灯是打不开的。为什么单单是那边的手术台配备了新设备呢?说起来为什么手术室里会有两张手术台呢?"

小早川站在似乎是手术台底座的金属构件旁,他按下了身旁的一盏生锈了的无影灯的开关,但没有反应。大家都默不作声。

阿梓注意到在麻醉机后面存放着平时手术室里没有的物体。刚刚在门口时因为麻醉机的阻挡而没有看见,那里放着三个小保险箱。

这是什么?阿梓怀疑地看着保险箱,身旁的七海香已经开了口:"咦?那里放着的是保险箱吧?"

"我也在想,那到底是……"

正当阿梓和七海香注视着保险箱的时候,月村取下了男子的眼罩。只见他眼睑都肿了,眼窝陷得很深。他的眼睛里透露出强烈的恐惧。之后月村取下了堵住他嘴巴的毛巾。

"请不要杀我！"就在他取下毛巾的一刻，男子发出了惨叫，"求求你们了，不要杀我！你们要什么我都答应！"

男子用悲怆的声音哀求他们。他双眼都红了，还满是泪水。

"你冷静冷静，我们是来救你的。"月村安慰他。

男子眨着眼问："来救我的？"

"是的。我现在就帮你松绑，你先别急。"

"你、你们是警察吗？是来救我出去的吗？！"男子激动地问。

月村紧闭嘴唇，摇了摇头。

"不，我们可不是警察。我们跟你一样，都是被绑架到这所医院里了。"

男子脸上的笑容一下子变成了绝望的表情。他好像双眼都无法聚焦，整个人陷入恍惚之中。

"现在……现在是什么时间了？"

"时间？哦，现在快到下午五点……"

"哪天的？！"男子突然叫了起来。

"是……四月十九日的……"月村带着疑惑回答。

"十……十九日……"

男子瞪大了红肿的眼,他用力喘气,边喘气边说:"我被他们袭击,被带到这里的时候是……十二日的夜晚。"

"十二日?!"阿梓叫出声来。周围的人也都露出了错愕的神情。

"这一个星期以来你一直都被绑在这个病房里吗?"月村问道。

男子稍微摇了摇头。

"不知道……我根本不知道发生了什么。我……我十二日晚上在工作的地方被袭击,等醒来已经在手术室里了。我当时想要逃跑,但是手脚被绑住了动不了。然后,那些人就……拷问我……"

男人一边说一边浑身颤抖。听到"拷问"这个可怕的词的时候,阿梓也感到一股寒气。

"我把知道的都说了,都跟他们说了。可是他们总是不相信,连续拷问了几个小时。之后给我注射了白色的液体,我就没有了意识……"

注射了白色的液体,到底是什么液体呢?阿梓迅速在脑海里搜索。或许是异丙酚这种静脉麻醉剂吧?这是一种用于全身麻醉的强力麻醉剂,注射后只要数秒钟就意识全无了。

"你见到犯人的样子了吗?"阿梓问道。

男人又轻轻摇了摇头。

"没有看到。"

"为什么呢?犯人不是当面拷问你的吗?"

"因为他戴了面具啊!就是那种万圣节之类的恶心的面具……小丑的面具。"

"小丑的……"

"莫非就是这个面具?"

月村把手中的面具拿到男子跟前,男子迅速露出恐怖的表情。

"就是这个!当时他戴着这个面具,穿着做手术的大褂。在工作的地方袭击我的时候也是这样子,那个男暴徒也是穿成那样的。"

阿梓听到他这句话时感到一阵头疼,她皱起了眉头。

"为什么……你知道对方是男人呢?他不是戴着面具,还穿着消毒大褂吗?"

"他攻击我的时候,一下子就把我撂倒了。他身材比我壮得多,力气也很大,没理由是个女人吧?"

戴着小丑面具的强壮男子……阿梓用手捂着头,

她感觉大脑皮层有一种好像虫子在爬般不舒服的疼痛感,而且越来越不舒服了。

"那家伙把我撂倒之后,把电枪摁在我后颈了。然后我就看到一道闪光……再清醒过来就已经在这间房间里了。"

电枪……闪光……阿梓忍不住"啊……"了一声。

"仓田小姐,怎么了?"

月村问她,可是阿梓却一下子回答不出来。她抱着自己的双肩,尽力压抑住内心深处泛起的恐惧感。

"小丑……我也是被小丑袭击的……"阿梓颤抖着把话挤出来。

"被小丑袭击的?"

阿梓努力梳理渐渐苏醒的记忆。对,首先是这样的……

"首先是有杂志社要采访我。刚刚也跟大家说过,我是密室逃脱游戏的爱好者,之前在博客上写过参加密室逃脱的文章。然后就有知名的出版社编辑来找我……说是要做一个去年去世的密室逃脱游戏策划人的特辑,想要邀请一些粉丝来参与,而我就是其中一名粉丝。"阿梓边努力搜索自己的记忆边说。

不知为何,越靠近事件核心部分的记忆就越是模糊不清。

"我,怎么说呢……我是非常喜欢那位策划人做的游戏的。所以很高兴地就答应了。我还跟那位编辑对过好几次稿,就在昨天下午,对方带我去对谈的地点。那是在闹市外的一间租赁型会议室。刚进去的时候一片漆黑,我还以为自己早到了,就在我打开灯的一刻,发现面前站着一个小丑……"

阿梓回想起可怕的一幕,那一刻实在是讲不下去。

"之后发生了什么?"

"醒来已经在二楼躺着输液了……为什么直到现在才想起这些事来呢?"

"肯定是镇静剂的缘故。"月村露出了严峻的神情。

"镇静剂?"刚刚低着头的阿梓抬头问道。

"犯人肯定给我们注射了镇静剂。镇静剂里有一种是能达到逆行性失忆效果的,也就是说被注射者会忘记注射前发生的事情。所以你才一直没记起来……我也是一样。"

"月村先生也是?"

"是的。我听了你刚刚说的话,总算是记起来了。

我当时也是受到了邀请，对方是大型制药公司市场部的人，他让我给他们做演讲。因为报酬很高，所以我就答应了。然后昨天就是为了对稿去了租赁型会议室那里。"

"那间会议室该不会是在调布的郊外……"阿梓想起自己昨天前往的地方。

"对，就是那个会议室。那里虽然小，但因为是在一栋很不错的楼房里，我就大意了。说起来，我去那里的时候是晚上十一点，可是进屋后发生的事我就完全不记得了。大家当时是怎样的呢？"

月村看了看其他人的脸。

"我也是被邀请做演讲。只记得是昨天下午三点去的调布，其他都想不起来了……"

"是猎头找的我。对方是某医院的人力资源，他开出的条件好得离谱，也是叫我去那个会议室。之后的事情就记不起了。时间是晚上九点。"

"我记得的也是差不多，不过记得不是很清楚了……只有印象是在开灯的一瞬间遭到小丑袭击的。"

七海香、小早川、樱庭相继说。

"看来犯人是用花言巧语把我们引诱出来，又绑架了我们。可是他的动机是什么呢……"阿梓咬了咬嘴唇。

"喂喂,你们倒是帮我把绳索解开啊!我四肢都没感觉了。"手术台上的男子痛苦地说。

"哦,对了,不好意思啊!大家先帮他松绑吧。"

大家听月村这么说,连忙帮男子松开了深深嵌入四肢的绳索。阿梓站在他的左脚旁,她蹲下来观察了一下,发现手术台一侧挂着一个塑料容器,里面装着黄色的液体。医院在给病人做耗时较长的手术的时候,往往要用细塑料管通过患者的尿道固定到膀胱,让尿液通过塑料管流到容器里。看来这个人应该确实在手术台上躺了很长一段时间了。

阿梓又看看身旁的麻醉机。为什么这里会放置了新型的麻醉机呢?她好像明白到什么了。男子刚刚跟他们说,自己在一个星期前被注射了白色的浑浊液体,之后就失去了意识。如果那是一种全身麻醉用的麻醉剂的话,那被注射者连呼吸都无法自主进行,需要用到机器来管理他的呼吸。

莫非他在这一个星期内都不断地被麻醉,靠机器来呼吸?这种麻醉机,或许它自带一种功能,在长时间管理病人呼吸的时候,就算麻醉剂药效减退,病人可以自主呼吸,它也依然能够继续运作,不会呛着病人。

可是为什么单单要给这个人进行全身麻醉呢？阿梓交叉双手思考。犯人对我们几个明明只是使用了镇静剂，没有给我们进行全身麻醉。全身麻醉除了要进行大手术之外，都是没有必要使用的。

"说起来，我们还不知道你是什么人呢！你到底是谁啊？"小早川一边给男子解开右手的绳索一边问。

"我叫祖父江春云，是个记者。"

那人双手被松绑之后，边告诉他们自己的名字边扶着手术台两侧，有点笨拙地坐了起来。他身上的杀菌垫也从胸前滑落，露出了上半身。他肋骨凸显，看着就是一副穷样子。

七海香正给他的右脚松绑，忽然叫出声来。阿梓屏住呼吸，看了看他的身上。

只见男人身上有一条又长又直的伤疤，从肋骨下方纵向一直延伸到下腹部，单是看着都让人觉得痛。而且那似乎是刚刚才留下的疤痕，伤口附近的肌肉都红了，闭口处还能看到很粗的缝合线。

"剖开肚子寻找真相。"

阿梓脑海里浮现起走廊上留下的指示，以及文字下方画着的小丑画像的丑恶笑容。

＊　＊　＊

"唉,我们干吗非要做这种事不可呢?"

这天是四月十七日,时间是早上。鲭户太郎边说边来回摇晃手中的照片。

"那不是因为没有别的办法吗?这可是局长亲自安排的。"

回答的是跟他并排而行的南云顺平。南云比鲭户要小上整整一轮,因此他听对方跟自己说教颇有点不满,喉咙里发出不耐烦的嘟哝。

"我要说的是,就是一个糟老头儿行踪不明了几天而已,局长干吗要派我们来?"

鲭户跟南云都是立川警察局的警察。他们早上刚上班,科长就让他们到某个男人的住宅,说去看看情况。

"听说那男人的老婆是局长的远房亲戚,所以局长就直接跟科长讲了,让他马上确认情况。"

"那她怎么不自己去找呢?"

"那人的老婆好像是跟朋友去韩国玩了。之后好几天都联系不到老公,于是就慌了,说他'一定是卷入什么事件里了'嘛,说到底就是又不想取消行程,又担心老公的安全,所以就跟当警察局局长的亲戚求助,让他确认一下。"

"那家伙不是个五十多岁的大叔吗?谁知道他是不是跟女人好上了,私奔了。真是的,我们这几天人手不足,都已经忙死了。"

就在前一天,管辖附近辖区的日野警察局成立了特别调查组,立川警察局的刑事科也派出了数名警察帮忙,相应地,这些人原本的工作就落在了鲭户等人身上。

鲭户边发着牢骚边侧着眼瞧了瞧手上的照片。照片上是一个面容瘦削,看着不太有钱的男人,脸上一副阴沉的表情。他颧骨很高,眼窝深陷,给人一种不吉利的感觉。他头上一点头发都没有,不知道是不是特意剃成这样的。

"这人似乎在工作上经常得罪人,所以他老婆才担心他的安危吧。"

"工作?他是干吗的来着?"

"好像是个记者,叫祖父江春云。你没有听说过他吗?"

"记者?"鲭户这人不太喜欢媒体行业,听说是记者就皱起了眉头,"嗯,好像确实在哪里听过。怎么了？他很出名吗？"

"他是最近才火的。就是一年半以前的事情，在废弃医院里有个著名电影导演死了，不知道你有印象没。"

"说起来好像真的有这回事。"鲭户随口回答，同时在搜索自己的记忆。

"哦，我想起来了。那个医院好像是那个……原来是做非法器官移植手术的，对吗？几年前有个受害者的亲属，戴着小丑面具闯入了医院，杀死好几个职员之后自杀了。叫什么医院来着？"

"我记得应该是叫作……田所医院。就在小丑事件发生之后，非法移植的事情曝光出来，医院就倒闭了。然后在一年半前，有个据说是恐怖电影大师的导演在田所医院的废墟里坠楼身亡。"

"哦，原来是这么一回事。那，这件事跟祖父江这个人有什么关系呢？"

"一开始，大家都以为导演的死是纯粹的意外，可是在一个月后就有周刊报道，里面提出了质疑，说这其实是杀人事件。你有听说过这件事吗？"

"好像有那么点印象。不过那是属于别的警察局管的区域，所以我也不太清楚那是怎么一回事。"

"写这篇报道的就是祖父江。"

"祖父江就是那个行踪不明的家伙,对吗?"

"嗯,确实是的。事件发生一个月后,祖父江在周刊上发表文章,里面说最早发现坠楼导演的那名医生就是凶手。本来那是一本三流八卦杂志,连载的都是一些娱乐圈绯闻啊、都市传说啊一类的文章,可这篇文章里含有一些只有知情人士才有可能知道的信息,讲得是言之凿凿,再加上受害者是名人,因此当时反响很大。"

"慢着,怎么第一目击者会是医生呢?"鲭户打断了他的说明。

南云好像颇为得意般叹了口气。

"鲭户前辈,你好像对这个事件完全不了解呢!那我从事件最初说明好了。死了的那个导演叫挟间洋之助,有'日本恐怖电影第一人'之称,是个大名人。挟间除了拍电影还负责策划那种真人游乐项目。"

"真人游乐项目?"

"就相当于鬼屋的进化版了。参与者就相当于恐怖电影里的一个人物,按照指示行动,还有解谜什么的,最终目的是要逃离鬼屋。又叫作'密室逃脱',

是一种游乐项目。"

"不就是小孩子闹着玩吗？然后呢？"

鲭户发表了自己的见解，又催南云继续。

"但是挟间正准备把一所废弃的医院改造成游乐场，就像是主题乐园那种，而那所医院正是田所医院。"

"什么？那里可是真的死过人的地方啊？而且还是做非法器官移植的医院。用来做主题乐园？那也实在有点过分了吧！"

"这个嘛，一般来说确实是挺过分的。可是挟间不是一般人，他说'正因为发生过真正的凶案，才能产生真实的恐怖感'。本来他们好像是打算在那里拍电影的，帮他策划这件事的人，就是后来祖父江控告为杀人凶手的那个医生。"

"可为什么医生会掺和进来呢？"

"他可不是一般的医生。他既是挟间的朋友，又跟挟间一起策划真人游乐项目。还有人流传说，挟间顶多只是决定游乐项目的总体概念，具体要参与者解开谜团这些细节的设计，其实全部是那个医生负责的。他在业界也有点名气，名字好像是叫……芝本什么的。"

"明明是个医生，却还做这种事啊！看来也是个有才的家伙。"

鲭户翘了翘嘴角。

"所以说是那个芝本把导演杀了吗？"

"事件大概发生在一年半前。据说那天深夜，芝本到那所废弃医院里打算做些准备工作，结果就在医院门口的附近看到挟间倒在地上流血不止，于是就把他送到了附近的医院急救。最终抢救无效，挟间就死了。"

南云说话的语气很平淡，鲭户侧过身来听他讲。

"因为不是自然死亡，所以就报了警，进行了司法解剖，结果发现血液中有大量酒精，怀疑是喝醉酒从窗户掉下去了。他是大导演，死了当然会上新闻。可是那时候大家并不怎么关注这件事，事件真正受人注目是在一个月后。"

"也就是那个祖父江写了报道之后吧。"

"就是了。他在那篇报道里讲述了事件的经过，指出挟间或许是被芝本杀害的，还附上了怀疑的理由。"

"他有什么证据？"

"第一点，挟间被送去的那个医院就是芝本上班的医院。本来急救队是打算要把挟间送到稍微远一点的大学医院的急救中心,可是芝本在急救队来之前就打电话给自己上班的医院,让他们准备好等挟间一送到就开始做手术。芝本本身是医生,而且还帮他们在就近的医院里安排好了,因此急救队也就听他的安排把挟间送到那家医院去了。"

"不过他们毕竟是朋友嘛,他这么做或许就是为了让挟间早点接受治疗吧?"

"真正的疑点还在后头。等他们到了医院,挟间被送进手术室之后,给他做手术的正是芝本本人。"

"哈?第一目击者当主刀?"

"是的。据说那天值班的外科医生经验没有芝本丰富,于是就让芝本亲自主刀了。这就是问题所在。祖父江在文章里提出的疑问是,是不是芝本故意让手术失败,使挟间不治身亡呢?甚至有没有可能芝本本来就是杀害挟间的凶手,他在做手术的时候销毁了证据呢?"

"这么说来,芝本亲自主刀这件事确实有可疑之处,但是或许事情就是这样发生了呢?只靠这些理由来怀疑是医生杀人,这也有点思维跳跃了吧?"

"并不是只有这些。祖父江在那之后陆续又发表了新的报道，里面包含了不少对芝本不利的情报。"

"具体有哪些？"鲭户低声问道。

"第一点是，挟间似乎向芝本借了不少钱。"

"借钱？他不是大导演吗？应该有的是钱才对吧？"

"他这个人想要拍自己喜欢的电影，不希望被投资方的意见影响，所以自己承担了电影成本的大头。过去他的电影很火，他也出了名，可是最近几年陷入了宣传战，现金流周转得不是很好。"

"因此他们就选了真正死过人的地方当舞台，想要一举扭转颓势？"

"在这件事情上芝本跟挟间之间好像也有矛盾。芝本认为'在真正死过人的地方玩游戏是不合适的'，想要制止，可是挟间不同意。最终芝本向挟间妥协了，还答应帮他策划，可是两人之间应该有了心结吧。之后据说又遭遇了一些波折。还有，怀疑芝本的决定性因素就是不在场证明。"

"不在场证明怎么了？"

"挟间出事那天晚上跟朋友喝酒一直到半夜十二点左右。当时他跟朋友说'要去做点事'，然后就去了田所医院。"

南云讲到这里停顿了一下,好像要故意卖个关子一样。鲭户抬起下巴让他继续说。

"根据急救队当时的判断和司法解剖的结果,挟间受伤的时间应该是凌晨零点到一点,而芝本叫急救车的时候已经是凌晨两点了。"

"那有什么奇怪的啊?他就是凌晨两点的时候去的田所医院,在医院发现了坠落的挟间,然后打的电话吧?"

"嗯,芝本本人也是这么说的。然而芝本的妻子却说,由于游乐项目马上要上市了,芝本那阵子都是在田所医院过夜的。也就是说挟间喝得烂醉来到田所医院的时候,芝本很可能就在医院里,甚至可以猜测挟间去田所医院就是跟芝本见面的。"

"芝本等挟间来到之后就攻击了他,使他身负重伤,然后一直等到了凌晨两点,让挟间的伤势恶化到无法抢救,那时候才叫的急救车?"

南云点了点头,表示赞同鲭户的推理。

"嗯,就是这么一回事了。后来媒体问起这件事,芝本说'当天因为有点事,一直没有在田所医院,直到凌晨两点才过去的'。但他在零点到两点到底在哪儿呢?他就闪烁其词,没有明确回答。"

"那确实有点奇怪。"

"就因为这个,舆论越来越怀疑芝本,再加上死者是名人,事情就越闹越大。媒体天天到他家里和上班的医院围堵他,最终好像是芝本的妻子跟他离婚了,他也从医院辞职了。最早质疑芝本的祖父江则出了名,很多大杂志社刊登了他写的报道,后来还出版了关于这次事件的纪实文学,非常畅销。"

"三流八卦记者一跃成为大红人了。那最终怎么了呢?这件事被传开之后,警察局也要重新考虑案件了吧?他们有没有逮捕那个芝本?"

"最终还是没有逮捕他。"南云摇了摇头。

"为什么?"

"因为芝本自杀了。当时警察局重新开启了调查,还查出了不少新的信息,之后芝本就开着车冲到海里了。这是一年前的事。"

"他有留下遗书吗?"

"没有遗书。大概是畏罪自杀,这是警察局的看法。"

"还有这种事情啊……我完全不知道呢!"

"这也是没有办法的事情呢!芝本一自杀,之前报道事件的媒体全都住口了。他们过分的报道行为确实是把芝本逼上绝路了。要是在这个关口继续追究的话,如果发现芝本是无辜的,那他们就难辞其咎了。"南云挖苦地说。

"说起来你还记得真仔细呢,这事都发生了好一阵子了。"

"啊,我平时就喜欢看些时事节目啊,八卦杂志啊,然后今天早上科长让我调查祖父江春云,我趁鲭户前辈还没来就先复习了一下事件的经过,把网上的资料理了一遍。"

"你可真闲。可是光是听到'祖父江'这个名字,你就想起来是曝光事件的记者了?"

"这个祖父江趁着事件的风头又写了好几本书,都是关于名人丑闻之类的,但是这些书跟芝本事件比起来明显缺少调查,结果完全卖不出去,甚至还引起了诉讼。"

"原来如此……怪不得家人担心他会出事。干他这一行,很容易遭人怨恨吧。"鲭户抓了抓后脑勺。

"应该差不多到了。对,就是前面的住宅楼。"

南云看着手机上的地图,确认无误后用手指着前方的一栋楼房。

"这里的 108 号房应该就是祖父江的工作室了。"

那是一栋颇为老旧的住宅楼,看样子已经使用了三十年以上了。鲭户走进入口,穿过一楼走廊,来到了祖父江的工作室,也就是108号房。南云按下了门铃,门铃发出了一声电子音,里面没有人应门。

"人不在,要不打电话给管理处开门吧。"

南云自言自语地说。鲭户旋转门锁,门就打开了,南云"咦"了一声。

"好像没锁上。"鲭户走进了房里。

"咦,鲭户前辈,这样子好吗?我们可没有搜查令。"

"他家里人都同意了,应该没问题。"

鲭户在入口脱下了旧皮鞋,南云也缩头缩脑地走进了房间。入口进去是一条狭窄的走廊,垃圾袋胡乱地放在地上。

"祖父江先生!请问你在不在啊?"

鲭户大声喊着沿着走廊前进,走廊尽头是一扇门,他打开门,里面是一个十几平方米大小的房间,地上满是垃圾和似乎是各种资料的纸张。房间角落里有一张朴素的书桌,上面放着电脑和烟灰缸,烟灰缸里满是烟头,旁边还有啤酒和烧酒的空瓶子。

"这也太乱了吧。"

房间里的灰尘让鲭户感到很不舒服。他从房间里相对比较干净的区域走到床边,拉开了窗帘。明亮阳光照进阴暗的房间,鲭户仔细环视四周。

"浴室跟洗手间里也没有人。"

"哦,这样子。"

"说起来这房间也太乱了吧,也亏他能在这种地方干活。不过这里好像没有什么可疑之处呢!"

"没有可疑?你确定?"

鲭户嘴角上扬。南云"嗯"了一声,看着他直眨眼。

"你仔细看看我们站着的这个区域。只有这个正方形的范围内没有堆放垃圾和资料,而在这个区域的外面,杂物堆得可是异常混乱。给人的感觉好像那些是被人硬生生堆到外面的。再就是,只有这个区域的地板上没有灰尘。"

"这么说,难道是因为……"

"对,这里本来是铺了地毯的,后来被人搬走了。"

"搬走地毯?谁会做这种事情?"

"那还用说,当然是为了不引人注意啊!比如直接把一个男人抬出去。"

"难道说……"

南云目瞪口呆，鲭户对着他点了点头。

"对，有人把祖父江春云用地毯卷起来搬走了……至于是活着的还是尸体，那就不清楚了。"

第二章

0918的真相

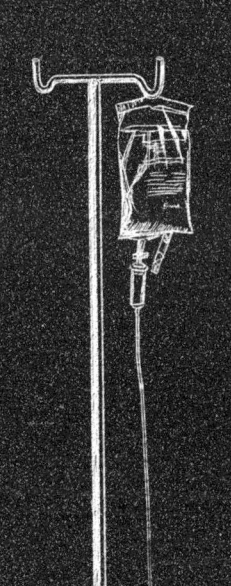

1

"这到底是怎么一回事?"一声惨叫在手术室里回荡。

手术台上的男子上半身坐了起来,他看着自己肚子上的那条纵向的伤口,整个人都呆住了。

这就是他被施了全身麻醉的原因。在他失去意识的时候,有人给他做了开腹手术,阿梓看到这个场景,也是完全惊呆了。

这时候,阿梓注意到手术台上放着一个平常经常看到的物件,那是个高十厘米、直径五厘米的筒状物。

"硬膜外麻醉……"阿梓身旁的樱庭自言自语道。

硬膜外麻醉是一种麻醉手法,具体办法是用细管插入脊髓神经旁边一个叫作硬膜外腔的小空间内，把麻醉剂注射到里面。这种麻醉法能够防止手术期间由于手术操作导致的血压增高，还能抑制术后的疼痛感。筒里的药剂大概是慢慢流入男子的硬膜外腔的，因此他在术后都感受不到疼痛，直到看见自己的肚子才知道有人给施行了手术。

硬膜外腔是一个非常小的空间，要在里面插入细管需要相当高的技术。给他做手术的应该是很熟练的外科医生或者是麻醉师。

男子还在大喊大叫。阿梓看着他，脑海里拼命地要厘清现在的状况。

"你太吵了！快给我安静下来！你明明就不痛。"

小早川把手放在男子肩膀上。男子看着他，看起来像是找到救命稻草一样。

"可是……我的肚子被弄成这样……"

"别担心，人家可是处理得很仔细的，没有生命危险。"

"你凭什么这么说！你又不是医生！"男子咬牙切齿地喊道。

小早川脸上泛起一丝苦笑。

"我就是。"

"啊？"

"都说了我就是外科医生。每天的任务就是切开患者的肚子。我都说你没事了，那你就不用担心了。"

男子一脸惴惴不安的神情，眼神看起来很彷徨，但还是小声地回答了一句"哦"。

"你能够理解真是太好了。那么请你先再次躺下，腹部太用力的话弄不好伤口会裂开的。"

男子还是一脸惶恐的表情。他缓缓地躺在了手术台上。

"很好。既然你冷静下来了，我们就可以好好聊聊了。正如刚才所说，我们也是被绑架到这里来的。如果想要逃出去的话，我们需要一些关键信息。这点你能明白吧？"

男子望着小早川的脸，颤抖着张开了嘴。"你们到底是谁？"

"这个嘛，我们是……"

月村刚想介绍，小早川举起手来制止了他。

"先来说你，你到底是谁？"

"都说了我叫祖父江春云，是个记者。"

男子还是很不安分，他来回看着各人。

"祖父江春云……"

阿梓重复了一遍他的名字,总觉得好像有种不愉快的感觉。

"那么祖父江先生,你是不是有什么仇家呢?"

"嗯,我的工作性质确实是有点招人恨的,可是竟然有人会做到这种地步……"男子双手抱着头。

"对啊,祖父江先生。你到底知道些什么呢?任何线索都可以。把你绑架到这里来的是个健壮的男子对吧?你的仇家里有谁有可能是疑犯呢?"

小早川继续用质问一般严峻的口吻问道,可是祖父江只是拼命地左右摇头。

"不知道!我什么都不知道!快点让我出去吧!"

"请你冷静点!先试着深呼吸!"

月村竭力安慰他,可是男子却变得恐慌起来。

"你给我住嘴!我看你们就是犯人吧!是你们把我绑架到这里的吧!你们给我听好,我只要从这里出去,马上就要在杂志上写你们的肮脏事!别以为有什么隐私!你们的一切都会曝光!如果不想这样的话,现在就把我放出去!"

祖父江开始前言不搭后语地狂叫起来,小早川冷眼看着他。

"这可不好办……还是照着走廊的指示办吧?"

"难道真要剖开他的肚子？"七海香尖声问。

小早川盯了她一眼。七海香自知说错了话，忙用双手捂着嘴，可是这已经晚了。

"你……刚刚说什么？"

祖父江瞪大双眼看着七海香。他眼窝本来就很深，现在看起来好像眼珠子都要掉下来一般。七海香捂着嘴说："没，没什么……"

"你们几个是想要杀了我吗？！"

"没有这种事。只不过是犯人把逃离建筑物的指示藏到了你的腹腔里，所以我们才要……"月村拼命要解释清楚，可事实却是越描越黑。

"所以就要切开我的肚子？那我不就要死了吗？！"

"不会的。我们会给你做全身麻醉，不会有危险的。"

"胡说！你们都是杀人犯！别靠近我！不然杀了你们！"

祖父江叫喊着坐了起来。他在身旁的手推车里抓起一把手术刀来回挥舞，阿梓等人连忙从手术台边跑走。

"别跑！我要把你们统统杀掉！你们去死吧！"

阿梓看见他挥舞着手术刀威胁大家，连忙后退了几步。刚刚没帮他松绑双腿真是太对了，如果松绑了的话，他现在或许就要从手术台上走下来用手术刀袭击自己了。

就在这时，祖父江背后出现了一个人影。原来是小早川沿着祖父江够不着的地方走到了他身后，他拿起输液管，把注射器扎进了测管里，直接把注射器里的液体注入输液管中。

在下一刻，祖父江"嗯"了一声，手中的手术刀落地，身体无力地垮在手术台上。他的头歪在一边，样子看起来又难看又可怕，口中传出喘气一样的声音。

"你对他做了什么？"月村忙问道。

小早川举起手中的注射器，露出得意的神情。

"这是肌肉松弛剂。我看他那么暴躁，只能先让他安分下来。"

"肌肉松弛剂？！"

月村说着便伸手搬动祖父江倒下的身体。阿梓也连忙跑到手术台旁，帮月村把祖父江平躺在手术台上。祖父江双眼望着天花板，从他眼睛里透出的目光看来，他是有意识的，但是全身的肌肉确实完全失去力量了。

从名字也能看出来,肌肉松弛剂是一种能够强制让全身肌肉松弛的药物。它的药效非常强大,连呼吸时用到的肌肉也能完全麻痹,在用药后患者无法自主呼吸,需要外界帮助呼吸,而且能够解除腹肌的力量,让剖腹手术更容易进行。然而,如果把肌肉松弛剂直接给意识清醒的患者注射的话,他一方面有意识,另一方面又无法呼吸,那么就会陷入恐慌状态。

"这太胡闹了,得快点给他进行人工呼吸。"月村喊道。

七海香连忙找到了放着全身麻醉用品的手推车,在手推车上找到了用于人工呼吸的吸氧面罩。

"也不用那么慌张嘛,又不会马上窒息的,虽说确实会有点痛苦。"小早川满不在乎地说。

当然不只是有点痛苦那么简单。在有意识的情况下无法呼吸,这简直跟逼供不相上下。阿梓回过头来瞪了小早川一眼。

"哎哟,仓田小姐你也别用那么可怕的眼光看我。那家伙刚刚可是拿着手术刀乱晃,我不也是不得已而为之吗?"

"不管怎么说，给有意识的人注射肌肉松弛剂实在太过分了！"

"那你说说该怎么办？难道应该花时间给他讲道理？我可不觉得这人听得进去。我们也没有时间了，再过几个小时，这所医院就要化作一片火海了。"

小早川的话确实有道理。阿梓咬着嘴唇，视线转移到躺在手术台上的祖父江身上。七海香把吸氧面罩安装好给祖父江戴上，给他进行人工呼吸。

"现在给他进行全身麻醉。月村先生、仓田小姐，你们来协助我。"七海香下达了指令。

阿梓跟月村点点头，走到七海香身边。

"开始了。月村先生，现在要注射异丙酚……"

按照七海香的指令，数人开始给祖父江注射全身麻醉药。首先，月村在输液管里注入麻醉诱导剂。这时候，祖父江脸上痛苦而僵硬的表情马上消失了。七海香见状，开始进行气管内插管手术。阿梓则在她身边给她逐一递上手术道具。

七海香插好管后，把插管的一端接在麻醉机上，把注嘴固定好。麻醉机发出低沉的响声。阿梓看到麻醉机已经开始泵气，便长长地舒了一口气。现在已经开始向祖父江输入氧气和吸入式麻醉剂，暂时可以放心了。

阿梓刚松了一口气,又开始固定好管子。七海香则给祖父江安装探测心电图的电极和探测血液氧气浓度的机器。

"辛苦您了。麻醉做得非常流畅,不愧是麻醉师。"

跟樱庭一同站在稍远一点的小早川像做戏一样边说边拍手。七海香没有说话,只是冷冷地看了他一眼。小早川说:"哎哟,真可怕。"说着走向墙边的置物架,在一个袋子里取出了一把手术刀向手术台走来。

"你想要做什么?!"七海香问。

小早川用力耸了耸肩。

"这还用说?当然是要切开这家伙的肚子了。"

"真的要给他剖腹吗?!他明明没有健康问题。"七海香瞪大双眼。

"这不是没办法吗?这可是 Clown 的指示,如果不从他肚子里寻找下一步的线索的话,我们大家都得死,这家伙当然也不例外。"

小早川的话是有道理的,七海香把头转向一边。

"就算要剖腹,最起码也要给手消好毒吧。要是感染了腹腔的话怎么办?"

"哎，你这人怎么说不明白？我们现在哪有时间慢慢来哟！"

小早川大声说道，然而七海香却不退让。

"就算能从这里逃脱，如果这个人感染腹腔炎死了的话，我们就是凶手了，难道这也无所谓吗？"

小早川听了她的话皱起了眉头，两人怒视着对方。

"你们都冷静一下。"月村隔开两人，"小早川先生，与其争吵，还不如马上消毒更省时间吧？"

小早川听月村这么说，不高兴地说："知道啦！"

"那么七海香小姐，我们这就去消毒。在此期间能不能尽量帮我们做好开刀的准备？"

"明白了。"七海香低声回答。

于是月村与小早川向走廊的消毒处走去。

阿梓跟七海香从置物架上取来新的消毒垫，铺在了手术台上的祖父江身上。消毒垫在腹部位置开了一个口，露出手术区域，除此以外，祖父江的全身都被垫子盖住，只有头在外面。七海香用碘酒给手术区域消了毒，阿梓则取了新的点滴袋，换下了已经用得差不多的点滴袋。

现在基本上做好开刀的准备了。

月村和小早川给手消好毒，双手举在胸前走进了手术室。他们脸上已经戴上了手术口罩，却没穿手术大褂，只穿着自己的衣服，怎么看都让人觉得怪怪的。阿梓从置物架上拿出了消过毒的手套和大褂。

"大褂就不用了，戴上手套就好。"

听小早川这么说，正在调整吸入式麻醉剂的七海香转过头来。

"开什么玩笑！请好好穿上大褂！"

"你烦不烦？又不是什么大手术，只是看看肚子里的东西而已，戴上消毒手套就足够了。"

"先不穿大褂，等切开肚子之后，如果发现要进行大动作的话再穿大褂也不迟吧？"月村忙提出方案。

七海香虽然很不情愿，但还是点了点头。小早川得意扬扬地眯起了眼睛，从阿梓手中接过了消毒手套。

"仓田小姐，你好像是手术部的护士对吧？"

月村问，阿梓回答道："是的。"边说边挺起腰背。

"能不能帮我们取手术器械呢？这样手术就能顺利进行了。"

取手术器械就是在手术期间给外科医生递他们需要的刀具,这是阿梓平时作为手术部护士的日常工作之一。

"好的,我明白了。"

阿梓戴上口罩,穿上消毒手套,走到了器具盘旁边。月村站在阿梓身边,小早川则站在手术台的另一侧。

"麻醉没问题吧?"

月村跟平常做手术的时候一样向麻醉科医师确认,七海香点了点头。

"那就拜托大家了。"

按照平时的惯例,月村先向大家鞠躬。阿梓连忙低下头,七海香还是有点不高兴,但她还是点了点头。小早川只说了句"马上开始吧",说罢舒了口气。

"请给我镊子和手术剪。"

"我也是。"

月村和小早川伸出手,阿梓迅速从器具盘上取出镊子和手术用的剪刀递给他们。两个外科医生表情严肃,视线集中在手术区域。

阿梓感到自己背后冒出了冷汗。藏在这个人肚子里的到底是什么呢?他被犯人拷问,监禁了整整一个星期，还被剖开了肚子。这个名叫"Clown"的犯人到底为何要如此对待这位祖父江春云呢？

手术室里只有麻醉机屏幕传来的电子音和外科医生们剪开缝合线的声音。月村和小早川完全剪开了缝合皮肤的线，下一步要剪开缝合腹膜的线。

"这是外科结呢！"

或许为了打破沉重的气氛，月村边用镊子检查缝合线边说道，阿梓"嗯"了一声。

"缝合皮肤和腹膜切口用的打结方法是外科结。能够做得到的应该是外科医生，最起码也是受过医学教育的人。"

"说起来，这家伙说过，自己是被一个高大的男子袭击了对吧？"小早川低声说，似乎是想要转换月村的话题。

"好像是有这么说过，这里有什么问题吗？"月村问道。

小早川一只手用镊子挑起一根缝合线，另一只手用剪刀切断，发出了一下声响。

"把我骗过去的猎头也是个高大的男人，身材大概跟我差不多。难道他就是 Clown？"

阿梓想起自称编辑邀请自己去面谈的人。那确实是个长得跟熊一样的男子。

"莫非是个眼角有一处明显疤痕的男人?"

七海香小声说,阿梓瞪大了眼睛。

"是的是的!确实有一处伤痕。"

"跟我接洽的人也是!"月村也大声说道。

再看看小早川和樱庭,他们也都在点头。

"他应该就是 Clown 吧!"

七海香激动地说,然而月村却微微摇了摇头。

"嗯,确实那个男的应该跟绑架我们的人是有关系的,但是我觉得他不是主谋。这是一个庞大的阴谋,犯人应该不只是一个人才对。而那个男的既然可以在我们面前露脸,很可能证明他顶多只是共犯。"

"真有人肯帮忙执行这么可怕的阴谋?"

小早川提出了疑问,月村露出苦笑的表情。

"只要钱给得够,什么违法行为都能做的大有人在。就算是在大学医院当教授的人里也有这种人的。"

月村说的也有道理,然而或许也有其他解释。阿梓咬了咬嘴唇,不过她戴着口罩其他人没有发现。难道说犯人的打算是不让他们中的任何一个活着离开这所废弃的医院?因此就算露脸也无所谓?

阿梓头脑轰地震了一下，脑海里浮现出可怕的画面。

月村把镊子夹着的缝合线用剪刀剪开，腹腔的缝合线全部剪断了。

"我们还是集中注意力检查祖父江先生的肚子吧。"

小早川说了一句："牵引钩。"随后伸出手来。阿梓递给他一个用来固定手术切口的器具。小早川和月村用这个牵引钩把切开的切口固定起来，在无影灯的照射下，大家能够看见腹腔的内部。

"这里面应该藏着什么东西才对。"

小早川戴着手套的手伸进腹腔内部。

"走廊的指示是说'剖开肚子寻找真相'，也就是说这一步是要在他的肚子里面寻找'真相'，也就是下一步的线索了。"

"线索到底是什么……"

小早川双手拨开祖父江的内脏，突然就不说话了。

"小早川先生，发生了什么？"

"找到了，这里面藏着个什么东西。"

小早川用双手掬着腹腔上方的一个袋状的内脏，

那是祖父江的胃部。

"月村先生,你也摸一摸。"

听小早川这么说,月村伸手摸了一下祖父江的胃,脸上泛起惊讶的神情。

"确实是!里面藏了一个硬物。"

"仔细看就会发现胃的表面有缝合的痕迹。犯人应该是把胃切开,把线索放到里面之后又缝起来了。"

小早川取过手术剪,将胃部表面的缝合线迅速剪开。他刚把所有线剪断,马上伸出右手探进胃囊里面。

"有一个好像是袋子一样的东西。咦,这是什么?哦,是用线固定在胃壁上了,应该是为了防止它流到小肠去。"

小早川从胃里拿出一个黑色的塑料袋,随即剪断了固定塑料袋的线。

"仓田小姐,请把腰形盘拿出来。"

阿梓连忙递过一个内侧凹进去的金属盘子。小早川把塑料袋剪开,将里面的东西放在了盘子上。

"按钮?"阿梓疑惑地说。

那是一个边长十厘米、厚三厘米左右的塑料质地器件。器件的中间有个五百日元硬币大小的按钮,一侧还有根小型的天线。

"这就是线索吗?"

七海香站在患者头部的一侧,看着腰形盘的内部。

"咦?稍等,袋子里好像还有别的东西,好像是卡片?"

小早川在袋子里拿出一张名片大小的卡片,他把卡片举起来。

PUSH[1]!

——Clown

简洁明了的指示。

"按下按钮就好了吗?"

月村拿过按钮准备按下去。

"先等一下!"房间里传来一声大喝。

方才站在房间角落的樱庭不知道什么时候走近

---

1 即"推、按"。

了手术台,她整个脸都红了。

"说不定按下这个汽油就会爆炸了!汽油桶上的装置不是也装了天线嘛!"樱庭一口气地说。

月村听了她的话脸都白了,连忙把伸到按键上的右手缩回来。大家的视线都集中在他手中的器件上。

"这说得也有道理……那么大概还是不按比较安全吧?"月村边说边看其他人的神色。

"可是不按的话可能也无法前进吧,你们看看那个。"

小早川抬起头来用下巴指向房间墙壁上安装的计时器。计时器上显示的时间是"4:29:24"。

"这么下去的话,我们都要被烧焦的。为了逃离这栋建筑物,无论如何都要把这个无聊的游戏继续下去,虽然我也不知道到底能继续到哪一步。反正现在应该按下按钮,看看下一步是什么。"

"可是,按下的话有可能汽油桶就爆炸了。"

七海香的发言充满了恐怖的感觉,小早川却摆了摆手。

"要真是发动爆炸的按钮的话,根本不用塞进这家伙肚子里那么麻烦。再说了,犯人真要杀掉我们的话,随时都可以下手。这个 Clown 看来就是要我们玩这个无聊的游戏,看着我们受苦受难他才更高兴,不会就这么杀了我们的。"

"这不过是你的直觉吧!"樱庭尖声说道。

手术室里的众人你一言我一语地吵了起来。阿梓低下头,脑袋里拼命思考。小早川和樱庭说的都有道理。到底要按还是不按呢……

"田小姐,仓田小姐!"

听到别人喊自己的名字,阿梓回过神来。她抬头一看,众人都在看着自己。

"啊,在!请问怎么了?"

"这里面最熟悉这种游戏的就是你了。我们几个人吵来吵去得不出结论……希望你能做出选择。"

"这……现在这个可不是一般的密室逃脱游戏,失败的话就真的会死的。"

"可是,犯人最起码是有意识把这里设计成密室逃脱游戏的。我们之前也是遵守规则才走到了这一步。这么说的话,犯人遵守规则的可能性也很高。"

"确实是这样……"阿梓支支吾吾地回答。

月村伸出左手把器件交到她手上,阿梓谨慎地接过器件。器件的体积很小,但拿上手却感觉挺重的。

"让仓田小姐来做决定,大家没有异议吧?"月村大声提议道。

七海香闭上了眼睛,小早川和樱庭则是满脸的不满和紧张。然而谁也没有提出异议。

"仓田小姐……拜托了。"月村双眼直视着阿梓说道。

阿梓的目光落在了手掌上的器件上。自己确实很喜欢密室逃脱游戏,过去还曾经每个星期都到各地区参加活动,沉醉于这种游戏带来的紧张感。

然而游戏毕竟是游戏,如果失败了的话再玩一次就好了。这次的"游戏"却不一样,一旦失败,此处的数人都要活活被大火吞噬,这实在是一种极端痛苦的死法。

阿梓觉得胸口非常不舒服,全身的汗腺都在分泌出冰一般的冷汗。

"没关系的,不要担心,一定会好好的。"

耳边传来熟悉的声音。这是过去听过的鼓励自己的话语。

芝本老师……阿梓闭上眼睛,眼睑里浮现一副面容——那是笑容像贪玩的孩子一般的男子的脸。阿梓将左手放在胸前,渐渐地,方才跳个不停的心脏也平复下来。阿梓微微地张开口,长长地舒了一口气。

"我要按了！"

阿梓向众人宣布，房间里的空气躁动起来。

"确定是这样子吗？"月村的声音充满了紧张。

"是的。我们按照指示取出了这个按钮，而且指示明确说要'PUSH'！Clown既然是遵守密室逃脱游戏规则的话，那这就不应该是陷阱。"

阿梓把手指放在按钮上准备按下去，然而手指却动弹不得。

如果错了的话……这是阿梓第一次真实地感受到"死亡"绝对性的存在感，恐怖的感觉充满了全身的细胞。阿梓闭起眼睛，用力咬着嘴唇。犬齿的齿尖咬破了嘴唇薄薄的皮肤，尖锐的痛觉似乎在那一刻解开了身上的锁链。

拜托了。阿梓在心里默默地祈祷，随即按下了按钮。按钮发出"咔"的一声，从手指上传来按下去的触感。

阿梓睁开眼睛环视房间，这时候，挂在天花板上的扬声器响起了报警的声音。

难道是失败了？正当阿梓绝望地侧过头，在视野的角落却有什么东西在动。

发生了什么？阿梓惊讶地看着出口左方的墙壁，

墙壁的一部分缓慢地向上升起。本来看起来没什么特别的墙却出现了一条通道。阿梓等人看着墙壁向上升,过了一会儿,报警声停下了。

几个人都待着不动,唯有阿梓像是被刚刚出现的新通道吸引着一般向里面走去。开口的空间只够一个人通过,阿梓走进去,里面的空间还挺宽敞。阿梓看到房间里的样子,惊讶得停止了思考。

房间有一个网球场那么大。其中一面墙上贴满了纸,仔细一看,这些纸上印着的都是杂志文章一类的内容。然而阿梓关注的不是这些纸,而是正对着的墙面。这面墙是唯一没有贴着纸的,墙上写着巨大的红色文字。

　　　　逃脱田所医院
　　　　欢迎大家!
　　　　　　　　——Clown

红色的字看起来像是用血写的一样,墙壁的前面吊着一个小丑。

小丑身高大概一百五十厘米,这是一个看着很真实的小丑人偶,身上披着手术用的杀菌垫。

2

阿梓呆站着观察小丑人偶。小丑人偶的双手被人用绳子从天花板上吊下来，挂在一个比较高的位置，跟墙壁上的文字差不多高度，整个小丑人偶看起来像是在做"万岁"的姿势，飘浮在半空中。

阿梓缓慢地进入房间内部，抬起头来看着小丑人偶，小丑人偶的视线好像盯着自己一样，它的眼睛里嵌入了红色的玻璃珠，阿梓跟它四目相对，不禁打了个冷战。

背后响起了脚步声。阿梓回过头来，看到月村等人走进了房间。

"这，这是什么啊？！"樱庭被吓得叫了出来。

"按照前台挂着的指示图，这里应该原本是诊疗室。不过居然进行了那么夸张的改造,跟手术室连在一起了……所以本来从走廊进入这里的门才焊死了。这么说,按下按钮应该是正确的吧?"月村不太自信地向阿梓问道。

"对的,这应该就是下一步的线索。"阿梓想要冷静地回答,可是声音还是颤抖的。

"这个恐怖的人偶到底是怎么回事?"小早川噘起嘴看着小丑人偶。

"请问,田所医院……难道就是这家医院吗?怎么好像在哪里听过这个名字……"七海香一只手放在嘴边思考。

田所医院莫非就是……阿梓感到心脏跳个不停,她刚刚看到墙上的字时好像已经想到些什么了,现在听到七海香的话,心中一段不祥的记忆苏醒起来。

"那是位于府中市的一处疗养型医院。应该说,曾经是。"月村用阴沉的声音说道。

七海香问:"你也听过吗?"边说边歪过头来。

"嗯,还挺熟悉的。我工作的景叶医科大学附属医院是在调布,离府中很近,那所医院曾经出过大事,所以记得很清楚。"

"出过大事?"七海香惊讶地问道。

"田所医院专门收一些没有亲人、几乎已经是植物人状态的患者。他们把这些患者的肾脏取出，那些想要做肾移植手术的有钱人在这里花一大笔钱便能得到移植，可以说是肾脏移植的专门店。几年前，有一名患者的亲友戴着小丑面具闯入了医院，杀害了跟非法移植相关的员工，之后自杀了。"

"咦？就是那次事件吗？那次事件就是在这里发生的吗？"七海香瞪大眼睛。

也难怪她觉得惊讶。后来幸存的当值医生透露了非法器官移植的内幕，当时是震惊社会的大事件，而且连有名的艺人、商界精英、政治家们都曾经给自己或者家人买过肾脏，引起了整个日本的骚动。

阿梓甚至还想到了手术室里为何会有两张手术台。那是为了摘除器官的手术与移植器官的手术可以一同进行，从而提高手术的效率。原来隔壁的那个房间就是曾经可怕的犯罪现场。

"田所医院就是一年半前电影导演挟间洋之助坠落的地方吧，据说是芝本老师在那里发现挟间的。"七海香边把身体往前靠边说。

听到芝本这个名字的那一瞬间，阿梓惊讶得差点叫了出来。

"噢，对啊，是这么一回事……芝本老师莫非说的是芝本大辉先生吧。七海香小姐跟他认识？"

"嗯。芝本老师从景叶医科大学外派到青蓝医院工作的时候是我的同事。芝本老师把挟间导演送过来施行手术的时候，就是我做的麻醉，因为那天刚好是我值班。难道月村先生也认识芝本老师？"

七海香有点兴奋地说，阿梓整个人都惊呆了。

七海香竟然就是那次手术的麻醉师。那么，把我们绑架到这里难道就是因为"那次事件"？

"芝本属于我负责的部门，他当时是我的下属。"

听月村这么一说，七海香瞪大眼睛，阿梓暗暗吸了一口气。

"我也认识他，"小早川突然低声说，"他是我高中和大学时的同级同学，毕业之前都有一起玩的。毕业之后我就在母校南阳医大实习，他却进了叶景医大实习，而后就只是偶尔见个面了。"

"这里有三个人跟芝本有关啊！"

月村说着望向了阿梓。

该怎么回答呢？阿梓犹豫了。这时候忽然有人说："喂，你们看。"顺着声音传来的方向望去，原来是樱庭正指着墙上贴的纸说。

"怎么了？"小早川走到樱庭身旁。

阿梓也向樱庭那边走去，她看了看樱庭指着的墙上。墙上贴着的是杂志文章的复印件，阿梓定睛扫了一下纸上的字，不由得神情僵硬起来。

"可疑的医生""被诅咒的医院之夜""密闭手术室的恐怖"？

满眼看到的都是这些耸人听闻的标题。阿梓一看就知道是什么文章了。这是报道芝本大辉或许是杀害电影导演的嫌疑人的文章。

一年半前的那次事件发生一个月后，这种文章就陆陆续续地刊登在杂志上。阿梓想起当时的情形，心中泛起一股强烈的恶心感。

"这……就是暗示芝本杀害了挾间的报道？"

月村露出惊讶的神情，眯起了双眼。

"并不是什么暗示！这明明就是故意让人认为是芝本老师杀了人！读了这种文章，谁都会认为芝本老师是杀人犯的！"由于过于激动与愤怒，阿梓想都没想就喊了出来。

她马上就察觉自己失言了，可是却抑制不住想要说的话。

"这根本就不公平！而且全都是臆测而已。明明没有芝本老师杀人的直接证据,却要贬低老师的人格,净写一些有的没的……"阿梓话说到舌头打结,一下子讲不下去,只能低下头来闭上嘴。

"那个人好像对你而言很重要的样子呢!"

听到有人不冷不热地说了这么一句话,阿梓抬起头来,只见樱庭用冷漠的眼光看着自己。

"比起那个,倒是看看这里。"樱庭看似不在意地用鼻子"哼"了一声,随后用手指着报道的一处。

"九月十八日凌晨,在密闭的手术室里,S 医生以治疗伤势为名切开了挟间导演的肚子……"阿梓看着报道的文字。

"九月十八日!"七海香叫了出来,"说起来,那次事件确实是在九月十八日发生的。那刚刚房间墙壁上写着的'寻找 0918 的真相'莫非是让我们探寻九月十八日发生的事件的真相?"

听七海香这么说,月村"噢"了一声。

"这还没完,你们再看看这里。"樱庭指着报道的末尾。

那里是撰写报道的记者署名。名字是"SHUNUN SOFUE"。

"祖父江春云?!这不是刚刚那人的名字吗?"

小早川指着隔壁房间里躺在手术台上的男人，樱庭耸了耸肩。

"不只是这篇，其他的文章也署了同一个名字。这里贴着的文章应该都是那个人写的吧。"

"居然是这样……"月村环视着这一整面墙的文章。

"说起来，仓田小姐跟芝本老师之间是什么关系呢？"

突然被这么一问，阿梓"啊"地转过头来，原来七海香不知道什么时候站到了自己身旁，这时候正眯着眼，用疑惑的神情看着自己。

"刚刚看到这些文章的时候，你拼命地在维护芝本老师。看来你也认识芝本老师吧。"

"这个……"

阿梓一下子说不出话来。她环顾周围，在场的数人都在等待她回答。阿梓提心吊胆，颤抖着还是开了口。

"芝本老师他……直到三年前，经常都在我工作的医院兼职上班，因此才认识了。"

"如果只是这样的话，你应该不会那么激动吧？"七海香追问道。

"这个……该怎么说呢……我很敬重芝本老师的。"阿梓一边组织语言一边回答。

七海香重复道:"敬重?"说着皱起了眉头。

"对的,嗯……刚刚也说过,我是那种密室逃脱游戏的粉丝,芝本老师在那个领域是位有名的游戏策划。"

"游戏策划?那是怎么一回事?"

"就是设计密室逃脱游戏的人。比如说房间怎么布置、要设置什么谜题之类的。"

"芝本老师还做这个?"

"好像说最早是上大学的时候参加社团活动时设计了一些小型游戏,因为芝本老师设计的游戏质量很高,在上学的时候就有设计密室逃脱的公司找到了他,他就给他们当策划人了。他给那家公司设计了很多个游戏,而且有不少粉丝。"

阿梓解释的同时,七海香用怀疑的目光看着她。

"后来他当了医生,因为实在太忙,就只是偶尔接受委托,就像兼职一样了。再后来,老师从大学的附属医院外派到青蓝医院,空闲时间多了起来,于是又把更多时间放在游戏设计上了。"

"我们现在清楚芝本老师的爱好了。所以说,你跟芝本老师之间到底是什么关系呢？"七海香重申了问题。

"四年前，有一次我上晚班，刚好是芝本老师当值，跟他聊天的时候得知他是有名的密室逃脱策划人。我很久以前就是他设计的游戏的粉丝了……"

"所以就变得亲热起来了？"樱庭加入了对话。

"也没到亲热的地步……"

"所以说，你是芝本老师的一名狂热粉丝对吧？"七海香总结道，阿梓轻轻地点了点头。

"粉丝？你说得倒是简单，可是真的只是粉丝和偶像的关系而已吗？"樱庭向阿梓接近针锋相对地说。

"说起来，樱庭小姐跟芝本是什么关系呢？"月村问道。

樱庭说："嗯？我吗？"说着指了指自己。

"这里除了你之外都跟芝本认识，既然如此，那当然会让人觉得你也应该认识他。"

"没有什么关系啊！"樱庭抓了抓后脑勺。

"没有关系？那么就是说你不认识芝本了？"

"对啊，我觉得只有我是被误抓进来的。你们统统都是医护人员，只有我不是，犯人一定是想绑架某人但是搞错了才把我抓了进来。"

"你真的不是医护人员吗?"阿梓插嘴问道。

樱庭用威胁的口吻问:"你想说什么?"

"刚才那个叫祖父江的人坐起来掀开消毒垫的时候,你说了一句'硬膜外麻醉'。硬膜外麻醉是个术语,一般来说除了医护人员别人是不认识这个词的。然而你只是看了药筒就知道那是硬膜外麻醉用的器具,就说明你应该是个医护人员。"

"什么嘛,那个叫硬膜外麻醉?我可没有说过这种话。"樱庭的脸向下倾了一下。

"不对,你确实说过,我也想起来了。"

"我也有印象。"

月村和七海香都表示同意,樱庭的脸向后倾斜得更厉害了。

"樱庭小姐,能告诉我们是怎么一回事吗?我们要是想从此处逃走的话,一定要齐心协力才行,请不要对我们有所隐瞒。"

在月村的质问下,樱庭脸上出现了犹豫的神情。

"明白了。"数秒沉默后,樱庭用不高兴的口吻说。

"我确实是护士。而且直到四年前,我都是在月村先生你所在的景叶医大上班的。不过我是妇科的护士，所以你不认得我也不足为奇。现在在护士外派公司的介绍下在诊所工作，所以跟你们说是外派职员也没有撒谎。"樱庭强词夺理地说，似乎没觉得这样有什么不妥。

"那么，你跟芝本之间是什么关系？"

"我是他妻子。"樱庭好像很不耐烦地回答。

阿梓瞪大了眼睛，月村也用力眨了眨眼。

"妻子？原来你是芝本的夫人吗？"

"准确说是前妻了。我跟他已经离婚一年多了。之前还叫芝本和子，这名字实在太土气了，离婚之后改回原姓樱庭。"

阿梓想起之前跟芝本之间的一段对话。她确实有印象芝本说过自己在当实习医生的时候就结了婚，妻子比自己大。而且还说过事件发生一年半前感情破裂，已经在协商离婚了。

她就是芝本老师的……阿梓心中涌起一股不舒服的感觉。

"为什么要隐瞒这件事情？"

月村追问道，樱庭做作地耸了耸肩。

"我都不想回忆起跟那个人结过婚的事情。跟杀人犯结婚什么的,在社会上风评可不好。"

"芝本老师才不是杀人犯!"

阿梓下意识地反驳道,樱庭用锐利的目光盯着她。

"你凭什么给别人的老公下定论呢?对方都举出了那么多证据,芝本最终还自杀了啊!一般人看来这不就是因为知道跑不掉才一死了之吗?"

不是这样的!那个人不是凶手!阿梓差点要叫出来,可是她还是抑制住自己。头脑里仅剩的一点理性告诉她,这种话可不能讲出口。看到樱庭脸上泛起的胜利的微笑,阿梓只能痛苦地看着她。

"总之,这里的所有人都跟芝本有关系。可是为什么要把我们监禁在这里呢?"月村双臂交叉在胸前。

"照常理思考的话,应该是为了弄清楚前年九月十八日,在这所医院里发生的电影导演死亡事件的真相吧?既然要'寻找0918的真相'的话。"七海香不确定地说。

"把我们几个弄到这儿来,就能明白事件的真相吗?这听起来不太对……"月村一脸弄不明白的样子,边说边摇头。

"其实……芝本是真的死了吗？"小早川小声说道。

"怎么回事？"月村问。

"这个自称'Clown'的家伙该不会就是芝本吧？他被全日本的人怀疑杀害了电影导演，最终受到那么大的影响。他该不会是想要证明自己的清白，同时向陷害他的人复仇吧？"

"复仇？难道说陷害芝本的人就在此处？"

"反正这个Clown就是这么想的吧？你看，最早提出芝本是杀人犯的人都被那样对待了。要是说这是为了复仇的话也是说得过去的吧。"小早川指着躺在手术台上的人。

"所以说Clown不仅要对祖父江复仇，还想在游戏里找出陷害芝本的人吧？"

"不对吧！为什么Clown那么确定芝本老师是被人陷害的呢？明明芝本老师是有杀人嫌疑的吧？再说了，就算芝本老师没有杀那个电影导演的话，用这种游戏就能发现事件的真相？这也太不合理了吧。"七海香一口气地说。

"所以说嘛，如果Clown就是芝本本人的话，你说的那些不就全都讲得通了？"

小早川抓了抓脑袋，七海香歪着头"啊"了一声。

"设计这个游戏的也是芝本，他认为自己没有杀害电影导演，所以他知道肯定有人陷害了他，搞得自己被当作杀人犯。我是芝本的同学，所以知道他一直很热衷于这种游戏，而且在这方面有过人的能力。就算说他想要利用游戏来达到复仇的目的，也没什么难以置信的。"小早川看了一眼天花板上吊下来的小丑人偶。

"杂志的文章我也读了一点。我记得芝本那家伙本来是打算跟死去的电影导演合作在这所医院里做密室逃脱游戏的。我们现在遇到的这些可能就是那一套游戏的改造版本。"

阿梓回想起以前跟芝本说过的话。事件发生前，他曾经好几次聊到要在这座田所医院设计游戏的事情，而且还充满激情。

当初接触计划的时候，芝本似乎对要在真正发生过非法器官移植，甚至还死过人的地方布置游乐项目是有点抗拒的。后来挟间洋之助说服了他，他转而认为这是个很有吸引力的构思，想到能策划出绝佳的游戏来，当初的抗拒感也就一扫而空了。

正是他的这种孩子般天真的性格把她深深地迷

住了……

"芝本老师不可能是Clown！"阿梓大声说道，"老师只是纯粹地深爱密室逃脱游戏，他绝对不会做出利用游戏复仇这种事情！"

"哎哟，你对那个人可真熟悉啊！"

樱庭嘲讽地说，阿梓假装听不见她的话。

"我说啊，你知道芝本遭遇了多可怕的事情吗？"小早川用阴沉的声音说。

阿梓不知道他想说什么，皱起了眉头。

"那家伙突然间就被贴上了'杀人犯'的标签，连续好几个月被媒体追踪，日常的行动都受到监视，这还不止，连过去所有的隐私都被揭露出来。高中的毕业文集被登到杂志上，访谈节目的主持人采访了他学生时代的女朋友。这些事一般人能忍得了？就算性格完全改变也不奇怪吧。"

"这种事情……"

阿梓本来想说这种事情不可能发生，但话到嘴边还是咽下去了。芝本受到舆论疯狂骚扰的那几个月，阿梓没有跟他联系。那段时间里芝本变成什么样了，阿梓也并不知道。

"可是，芝本肯定已经自杀身亡了，他不可能是绑架我们的犯人。"月村用力摆了摆手。

"真的可以确定死的就是芝本吗？"

听小早川这么说，大家瞪大了眼睛。

"当时芝本是自己开着车冲到海里自杀的。车打捞起来的时候已经是两三天后的事情了。很有可能当时尸体已经变成了难以辨认的样子。这么说的话，找别人顶替也是有可能的。"

"可是，警察也确认了是他本人了啊！"

樱庭皱起了鼻子，小早川无奈地摊开双手。

"那他们是怎么确认的呢？你是他的妻子，你去认尸了没？"

"我可没有去。自从那个人被媒体骚扰之后我们就离婚了，之后就完全没有来往。大概是其他人去确认了吧？"

"我倒是不知道'其他人'是谁，但如果是芝本的同党的话，完全可以对警察做假口供啊！这么一来，大家都知道芝本已经死了，媒体不再追究这件事，他们就可以慢慢筹备复仇计划。于是到了几天前，那个眼角有伤疤的壮汉把我们绑架，计划正式实施了。"

这完全是没有证据的假说，然而在场却没有人能提出反驳。自己现在处于这么异常的境况中，确实无法完全否定小早川所说的那种可能性。

"我觉得……比起讨论犯人是谁，现在更应该想想下一步该怎么做吧？"七海香稍微举起手说。

小早川本来一副很得意的样子，听到这句话却整个脸沉了下来。

七海香侧过头来继续说："我觉得，就算弄懂 Clown 是谁，对于逃离此处也是没有帮助的，弄不好的话，Clown 知道自己的身份暴露，还会启动装置放火，彻底封住我们的口……"

想象着可怕的画面，阿梓完全说不出话来。小早川从喉咙里发出咕哝的声音。

房间里沉默了十几秒，空气似乎要凝结起来。这时候月村双手合掌，像是要搅动沉重的空气一样。

"既然如此，我们就按七海香小姐说的那样，首先集中精力想办法逃离这里，至于犯人的真实身份，等我们安全了再想也不迟。"

听月村这么说，小早川点了点头。

"仓田小姐，我们现在应该怎么做呢？"

突然问起了自己，阿梓下意识地说："怎么了？"

"我们下一步应该做些什么呢？既然我们现在

知道,'寻找0918的真相'说的是弄清楚前年九月十八日发生的事情,那我们现在应该怎么做?"

"嗯,这个嘛……"

方才被一连串事实弄得头昏脑涨,根本没有思考下一步的行动。墙上的字、天花板上吊着的小丑人偶、无数的杂志文章复印件,还有通道的末端、手术室里的三个保险箱,阿梓的思路在这些物件之间游走着。

"应该是先要打开手术室里的保险箱。"

"箱子里放着下一步的线索?"

小早川回到手术室,走近麻醉器后面的保险箱。他蹲在保险箱前,伸手抓住了保险箱门的把手。阿梓走过通道,看着他这么做。只见小早川手臂青筋暴露,可是保险箱的门却纹丝不动。小早川又试了试另外两个保险箱,结果也是一样的。

"这个得用钥匙才打得开呢!"小早川说着站了起来。

阿梓身旁的七海香"啊"地叫了一声。

"在小丑那儿,请检查小丑的手。"

七海香的脸红了起来,她指了指那个带着丑陋笑容的小丑人偶。七海香转过头来看着小丑人偶,只见它右手里有个物件反射着荧光灯的灯光。

"这是钥匙?"

阿梓仔细一看,小丑人偶的右手确实抓着一把小小的钥匙。

"真的是钥匙!钥匙在小丑手上!"七海香兴奋地喊道。

小早川从手术室大步走回来,他走到小丑人偶附近,毫不犹豫地抓住了小丑人偶的脚。阿梓还想制止他,然而还没来得及开口,小早川就用力一拉,连在天花板上的钩子和小丑人偶的手之间的线发出一下声响,被他扯断了。小丑人偶的腿被小早川抓住,整个身体倒着掉落下来。

"要是小丑人偶身上设置了陷阱该怎么办?!还是慎重一点比较好吧!"

听到阿梓这么说,小早川不耐烦地摆了摆手。

"不用担心,这种人偶怎么可能……"

小早川这么说的一瞬间,小丑人偶突然很大声地笑起来。小早川连忙扔掉了手中抓着的小丑人偶的腿。小丑人偶掉到地上,却还继续在发出笑声。在场的所有人都用既恐怖又厌恶的目光看着地上的小丑人偶。

"什么混账东西！"

小早川紧绷着脸，在小丑人偶旁边跪坐下来，抓住小丑人偶披着的手术用消毒垫的一端，慢慢地揭开垫子。小丑人偶粗糙的身体露了出来，原来里面装了一个笑袋，就是一种按下开关就会发出笑声的派对用品，用胶带固定在小丑人偶身上。大概是刚刚从天花板上掉下来的时候触发了开关。

"开什么玩笑！"

小早川把笑袋从小丑人偶身上取下，用力往地板上一甩，随之在房间里回荡的笑声也停止了。小早川似乎还没消气，他再三地用脚踩在笑袋上，电子零件散落了一地。

"小早川先生，适可而止吧。"

听月村这么说，小早川止住了动作。他大口喘着气，弯下腰来伸手把用线固定在小丑人偶手上的钥匙取下。

"用这把钥匙就可以打开保险箱了吧！"

小早川带着怒气问，阿梓下意识地后退了一步。

"应该，可以吧……"

"最好不要应该吧！"

小早川不耐烦地说。他回到手术室，在保险箱前单膝跪下，拿着钥匙伸向保险箱，然而钥匙却插不进钥匙孔。

"什么嘛！大小都不一样！这钥匙孔太小了。"小早川叫喊道。

他又试了试另外两个保险箱，结果也是一样的。

"真是的，这根本不是保险箱的钥匙！"

小早川把钥匙甩到地上，阿梓连忙把地上跳动的钥匙捡起来。

"这钥匙打不开嘛！怎么回事！"小早川向阿梓追问。

"我只是说有可能是保险箱的钥匙……但是也可能是别的钥匙……"

"别的钥匙？那到底是哪里的钥匙啊？"

"你也适可而止吧。"一直沉默的樱庭突然开了口。

"你不要一个人在那里发狂，这样我们也很为难的。有你这种壮汉在旁边发火，我们也很难冷静下来思考吧。"

小早川瞪着她看，樱庭却没有退缩一直讲下去。

"刚刚不是你一直在说没有时间吗？现在你搞得我们都心烦意乱，这么一来宝贵的时间也浪费了。

你要是明白道理的话，那现在就应该闭嘴。"

小早川满脸通红。

这个壮汉莫非想要出手殴打樱庭？阿梓提心吊胆地关注着事态的进展。然而小早川的拳头颤动着，慢慢放松了下来。

"明白啦！"小早川不高兴地说，他缓缓地走到手术室的一端，背靠着墙站着。

这个反应出乎阿梓意料。

"还有你，还想待在那儿多久啊？既然这把钥匙打不开保险箱的话，那到底是哪里的钥匙？"

"嗯，这个嘛……"阿梓慌慌张张地站起来。

"会不会是……楼梯的钥匙呢？"

七海香这时候正站在麻醉机旁，她不确定地问。

"楼梯？怎么回事？"樱庭转过头来。

"我总觉得这把钥匙跟值班室里的钥匙有点像。值班室的钥匙是我们从二楼下一楼时用过的，而且二楼上三楼的楼梯也是用铁栅栏挡住了吧。"

"那就是说，用这把钥匙可以从二楼上三楼？"

"我只是觉得有这种可能性……"七海香小声回答。

阿梓看了看手中的钥匙，确实跟值班室的那把有点像。

"那我们都到二楼去吧。"樱庭向众人提议。

"那个……我要留在这里。"七海香摇了摇头,"得看着祖父江先生才行。他年纪不小了,而且被关了一个星期,还受到了拷问,搞不好状况会恶化起来。"

"现在不是好好的吗?先放着不管也没事吧。"

"万一恶化了呢?总得有个人照看着吧。"

对于这种人,真的有必要那么在意吗?阿梓看了看墙上贴着的数不清的杂志文章。就是因为这个人,芝本老师才失去了所有。这种人就算真的出了事……阿梓知道自己作为医护人员本不应该这么想,然而想到是祖父江使得芝本陷入困境,内心的怒火还是难以抑制。

阿梓感到喉咙里好像被什么卡住了一样,可是她还是开了口。

"那就拜托七海香小姐留在这里吧。其他人都到二楼去看看是不是真能打开铁栅栏。"

"稍等一下!"七海香大声说,"就我一个人留在这里吗?"

"哪有一个人了,明明祖父江也在嘛!"

小早川揶揄道,七海香瞪了他一眼。

"请不要乱开玩笑!要我一个人留在这么可怕的房间里,我是绝对不乐意的。麻烦再选一个人一起留下来吧!"

"我说小姐,你清楚现在的状况吧,我们可是没有时间了。"

"我明白,可是我也不愿意一个人留在这儿。"

"那我留下来吧。"月村说道。

"说什么呢!如果真的要上三楼去的话,还不知道上面会遇到什么情况呢,还是要尽量多的人手吧。"

"这么说也没错,可是我也能理解七海香小姐的想法。再说了,我们还要帮祖父江先生缝好肚子。你们先到楼上去,我就在这里跟七海香小姐把祖父江先生的肚子缝好,这么安排没问题吧。"

听月村这么说,小早川噘起了嘴。

"就这么决定吧,我们三个人上去就行了。"樱庭催促道。

小早川点了点头向门口走去,阿梓也紧随两人身后。三个人穿过走廊,从接待处放着汽油桶的旁边通过,之后走上楼梯,来到二楼到三楼的楼梯处的铁栅栏前。

"快试一下。"樱庭催促阿梓。

阿梓把手中的钥匙插进锁头的钥匙孔里转动了一下，锁头传来一声清脆的声响。

小早川跟樱庭高兴地说："好！"

阿梓又慎重地拉开了铁栅栏，三个人走上楼梯，来到楼梯拐角的地方，阿梓止住了脚步。

熄灭灯光

去死吧

在里面寻找

——Clown

阿梓在楼梯间的墙壁上，二楼看不见的地方看到了小丑的画像和文字。

"熄灭灯光？去死吧？这是什么意思？"

"这是什么东西啊？"小早川和樱庭嫌恶地说道。

"大概这也是提示吧……我们走。"

阿梓走上楼梯，来到开着荧光灯的三楼。楼梯附近的右手边是一处已经很久没用过的护士站，正对着的是一条走廊，走廊左右各有四扇门，看起来都是通往病房的。

"似乎还能上四楼。"樱庭说道。

确实,三楼上四楼的楼梯并没有铁栅栏拦住,阿梓等人稍稍犹豫了一下,便走上了楼梯。

"四楼的布局也是一样的……"

一行人来到四楼。小早川先看了看周围的环境,四楼确实跟三楼的构造几乎一样,唯一的不同之处是,四楼上五楼的楼梯用铁栅栏拦住了。

"所以说现在上不了院长办公室了。那么我们先在三楼和四楼找找线索吧。"樱庭揉着太阳穴说。

"嗯,我也觉得是这样。"阿梓回答道。

"既然你对这种游戏在行,那你就在三楼查看吧,我跟这个人就在这层找。"樱庭指了指自己和小早川。

阿梓一开始有点不乐意一个人去,可是小早川方才的言行都是很粗暴的,要是跟他在一起的话实在有点害怕,她又不想跟樱庭单独行动,于是就说"明白了",说着便下了楼梯。

阿梓来到三楼,首先走到了护士站。护士站里有一个放病历的架子,但上面没有病历。除此之外还胡乱地放着空的器材架、积满了尘埃的书桌和椅子,整个护士站的氛围看着让人很不舒服。跟另外一层一样,三楼的窗户也被焊死了,看起来也不像能打得开。

阿梓往护士站的内部瞧了瞧。里面有一台小冰箱、一个书柜,还有一张破破烂烂的沙发床。阿梓打开冰箱,里面什么都没有。

阿梓走出护士站,来到了走廊,往走廊两边的病房看。每个病房里都放了四张廉价的病床。病床四周有帘子围着,帘子上有很明显的污渍。床头柜上放着满是尘埃的显像管显示器,房间里还有几个输液架和手推车。这怎么看都是一副废弃医院的样子。阿梓皱了皱眉走向走廊的尽头。那里是电梯门,不出所料,电梯门是焊死的。

大概在三楼或者四楼的某个地方藏着打开手术室保险箱的钥匙。可是医院那么大,要找小小一把钥匙谈何容易。现在得想想怎样能缩小搜索的范围才行。

"熄灭灯光……大概是那个意思吧。"

阿梓一边自言自语,一边沿着走廊往回走。来到护士站前的时候,小早川和樱庭刚好从四楼下来。

"有发现什么吗?"

阿梓问道,樱庭用力摇了摇头。

"找不到啊!上面各种东西散乱了一地。要是一件一件找的话，恐怕找到的时候已经到限定的时间了。"

"我在想，或许可以缩小搜索范围。"

"真的吗？"

"楼梯间墙上的字肯定就是线索。那里写的是'熄灭灯光'吧。我觉得那指的就是密室逃脱游戏里常用的一种技巧。请跟我到这边来。"

阿梓边向他们招手，边走近了护士站。

"你如果明白了什么的话，就直接告诉我们嘛！"

阿梓没有理小早川的抱怨，向墙壁上的开关走去。

"'熄灭灯光'，我觉得意思就是关掉灯，四周变成一片漆黑之后，才能看得到下一步的指示的意思。"

"你先别动！刚刚的小丑口中还写着'去死吧'几个字吧。如果我们按照指示关了灯，到时有陷阱启动的话怎么办？"

"确实有这种可能性。"

"那不是很危险吗！"

阿梓确实一直很在意小丑口中写着的不祥的字样。事情或许真如樱庭所说的那样。因此她虽然早就想到了要关灯，却一直没有实行。可是……

"可是，如果我们一直这么等下去的话，也是会被杀死的。而且 Clown 的目的不是要杀了我们，而是要知道九月十八日发生的事情的真相。因此我觉得关灯会带来危险的可能性也是很低的。"

"可是……"樱庭的目光显得很犹豫。

"只能试一试了。不知道之后还能走到哪一步，不快点行动的话就没有时间了。"

听阿梓这么说，樱庭摆出一副戒备的表情，向后退了几步，小早川也是一样。阿梓舔了舔嘴唇，把手伸向了电灯的开关。

"要关灯了！"阿梓一下关掉了所有开关，四周一下子变得一片漆黑。

"呜哇！"

"啊啊！"

小早川和樱庭喊了出来。

太好了。阿梓长长舒了一口气。关掉电灯后，护士站的墙壁上出现了淡淡的光，仔细一看原来是文字和小丑的画像。

"这……又是什么啊？"黑暗中传来樱庭的声音。

"这是荧光涂料。环境有光的时候涂料会吸收能量，等环境变暗的时候就会发光。熄灯之后，用荧光涂料书写的文字就显现出来了，这是一种密室逃脱游戏里的经典技法。"

阿梓走近了墙壁上的小丑画像和文字。虽说荧光涂料发出了微弱的光，但房间里还是一片漆黑，连自己的脚都看不到。为了不摔倒，她谨慎地缓慢前行，目光一直盯着墙上看。

Ha Ha. You think
"熄灭灯光" means
Turn light off?
YOU ARE SO FOOL!

去死吧

——*Clown*

在黑暗中，阿梓看见了这几句话。

3

阿梓英语不算特别好,可是也能看懂墙上写的英文。

"这是什么嘛?!到底是什么意思?"

"哈、哈。你们以为'熄灭灯光'就是关灯的意思?你们可真笨啊……上面是这么写的。"小早川生硬地翻译。

"这种东西不用你翻译也能看得懂啊!别当别人是傻瓜!我说的是,这是什么提示啊!"樱庭的声音相当刺耳。

阿梓缓慢地回到开关附近,把电灯打开。房间里一下子充满了耀眼的灯光,小丑的画像则消失了。

"大概犯人早就猜到我们会关灯了。所以故意写那些字来嘲笑我们。"

听阿梓这么说，樱庭和小早川露出了不悦的神情。阿梓心里想，犯人已经猜到自己会关掉电灯了，这也不是什么难以理解的事情。就算是没玩过密室逃脱游戏的人，看到"熄灭灯光"大概也会以为要关灯的。犯人已经想到这一点了，因此故意留下了这些文字，莫非这也是一种提示？

"为什么要写英文呢？"阿梓边摸着嘴边思考。

之前的指示一直都是用日语写的，偏偏这部分要写成英文，而且小丑脸上还画了一幅星条旗的图案。

"'熄灭灯光'可以简化为熄灯，然后带星条旗的小丑口中的'去死吧'三个字……"

阿梓突然"啊"地叫出声来。

"怎么了？"小早川向她看过来。

"你们觉不觉得楼梯间墙上写的字很奇怪？"

"很奇怪？做这种事的人难道不是本来就很奇怪吗？"

"不是。如果不要小丑口中的'去死吧'三个字，直接读的话就是'在熄灭灯光的里面寻找'，按道理来说难道不是应该写成'熄灭灯光，在里面寻找'吗？

写成这样之后,'在'和'的'两个字都是多余的。"

"这么说的话确实是这样。"

"然后荧光材料写的字突然变成英语了,而且文字中间的小丑图画也感觉怪怪的。"

"到底是什么意思?快告诉我们结论吧!"樱庭不耐烦地说。

阿梓深呼吸了一下,开口说:"这是暗号。"

"暗号?"小早川浓密的眉毛之间出现了深深的皱纹。

"对的。刚刚关灯之后出现的文字和小丑的图案也是提示。对方想告诉我们'熄灭灯光'的意思不是关灯,而且是带着星条旗图案的小丑用英文说的,这就是关键所在。"

阿梓兴奋地说,小早川等人却高兴不起来。

"你到底想说什么呀?我们都听不明白。"

"就是暗号嘛!你看,'在熄灭灯光'跟'里面寻找'这两句话是接不上的。而熄灭灯光可以简化为……'熄灯'。"

"所以呢?"

"请听我讲下去。然后就是小丑口中写着的'去死吧'这几个字。虽然看起来这是威胁我们的话语,但是如果我们假设小丑是说英语的话,就有另外一种理解方法了。'去死吧'写成英语应该是……"

"应该是……Die 吧?"小早川用低沉的声音回答。

"对的,那么,'熄灯'和'Die'合起来是?"

"熄灯……Die……床头柜?![1]"

小早川跟樱庭同时瞪大双眼。

"对的。暗号隐藏的线索正是'在床头柜里寻找'!"

小早川说:"既然如此……"说着转过头去。

"对,三楼跟四楼病房里的床头柜,肯定就是要在这里面找。"

阿梓话还没说完,小早川和樱庭两人已经转身而去。小早川快步跑上四楼,樱庭走进了身旁的病房,阿梓则向走廊深处的病房走去。

阿梓进入了满是尘埃的病房,逐一打开床头柜的抽屉查看。第一间病房里什么都找不到,于是她又走进了第二间,这时候远处传来小早川的喊声:"找

---

[1] 日语中,"熄灯"为"消灯"(しょうとう),"床头柜"为"床頭台"(しょうとうだい)。"だい"与英语单词"die"发音相似,故"熄灯"和"die"可以组合成"床头柜"。

到啦！"阿梓连忙走出了病房。

"找到了，确实是在床头柜的抽屉里。"

小早川从楼梯上往下走，他兴奋得脸都红了，只见他手中拿着一把钥匙，看起来比楼梯锁头的钥匙更高级一点。

"做得不错嘛！"

樱庭走向小早川，两人相视而笑。

"那我们回手术室去吧。"阿梓疑惑地侧歪着头，催促两人回到了一楼。

"我们找到了！"

阿梓跟小早川等人回到了手术室，气息还没平复就把消息告诉了另外两人。月村跟七海香同时抬起了头。

"发现的是开启保险箱的钥匙吗？"

"对的！可是我发现的呢！"小早川挺起胸膛向两人展示钥匙。

"那就马上打开保险箱吧，已经花挺长时间了。"

听月村这么说，阿梓看了看墙上的计时器，显示屏上面的数字是"3:41:09"。

"这就去。"小早川说着向保险箱走去。

"月村先生，七海香小姐，祖父江的情况怎样？"

阿梓看了看手术台。

"没问题的，生命体征很稳定。你们到上面去找保险箱钥匙的时候，我们给他清洁了腹腔内部，之后把腹部缝合好了。"

"那么现在可以解除麻醉了吧？"

"确实是可以这么做……"七海香犹豫地说。

"什么？你们该不是想要叫醒那个男的吧？！"

听到阿梓等人的对话，樱庭突然尖声说道，而蹲在保险箱旁的小早川也转过头来看着他们。

"可是，既然胃里的按钮已经取出了，也做好了缝合手术，那撤走麻醉药不是理所当然的吗……"阿梓露出困惑的表情。

"你不记得刚刚那男的做了什么吗？他可是拿着手术刀朝我们乱晃的啊！最好还是等逃脱的时候再撤掉麻醉吧。"

这样做真的好吗？阿梓把视线投向了月村。

"我也赞同樱庭小姐的说法。"月村点了点头，"祖父江先生一旦醒来，很可能还会变得情绪激动，到时候血压上升，甚至伤口裂开就不好了。让他多睡一会儿对他本人也是有好处的。"

七海香点了点头表示赞同月村的建议。既然外科医生和麻醉师都这么说了，阿梓也不好反驳。

"那边的事情解决了吗？那快看这边，这把钥匙好像可以打开最右边的保险箱。"

听见小早川的喊声，大家连忙向他靠近。小早川蹲在保险箱附近，伸手扭动保险箱的把手。方才一动不动的把手开始转动，传出锁头开启的响声。阿梓挺直身体窥探保险箱的内部。里面放了四个文件袋，还有一个小型的机器。

"这是什么啊？"小早川拿起文件袋上方放着的小机器。

"这是录音笔吧。"月村说道，"通常是用来把对话录下来的，能给我看看吗？"

小早川把录音笔递给了月村，月村熟练地操作了起来。

"里面保存了一段录音，或许是犯人给我们的指示，我现在要播放了。"

月村按下了一个按钮，房间里瞬间响起了大声惨叫。月村刚把录音笔拿在靠近耳朵的位置，这时候连忙扭过头去。

"放过我吧！放过我吧！我已经全都说了！我知道的全都告诉你了！"

录音笔里传来男子求饶的声音，阿梓等人表情一下子僵硬起来。

"真的吗？"

这个声音明显来自另一个人。这个声音非常低沉，感觉像是从地板底下传来一般。阿梓想起了有名的科幻电影里，头戴黑色面具的坏人说话的感觉。这个人大概是使用了变声器才能发出这种声音。

"真的！真的！请你放过我吧！"男子声嘶力竭地说。

"你的名字是？……"低沉的声音问道。

"你说什么？这个不是已经……"

"你的名字是什么！"

对方传来一声咆哮，阿梓不禁用双手捂住了耳朵。

"明……明白了……请不要那么生气，我的名字是祖父江春云，这样就可以了吧？"

阿梓瞪大了双眼。如果录音里男子的声音就是祖父江的话……想到这里，背后传来一股寒气。

刚刚听到的录音大概是祖父江被拷问的时候录的。从里面的内容可以推测，这是犯人把祖父江折磨一遍后才录的音……这是专门录来给他们听的。

"你在杂志上写了报道,说芝本大辉杀害了电影导演,因为这个出了名,对吧?"

"是,是的。那个叫芝本的家伙,肯定是杀了挟间……"

"闭嘴!"

对方大喝一声,祖父江吓得小声叫了出来。

"你只要回答我问的就好。是你写了关于芝本的报道吗?"

"刚刚已经说了,是因为有人提供情报才写的。"

"怎样的情报?"

"情报说,那个叫挟间的著名导演,他的死亡其实不是意外而是谋杀,首先发现意外的那个医生就是凶手。"

"为什么要给你提供情报?你不就是个三流记者吗?"

"当时并不是只给我一个提供了情报,我是后来才得知的,很多知名的周刊和报社都收到了爆料,可是他们都没有刊登出来。"

"为什么其他记者不写报道?"对方用深沉而缺少感情的声音质问。

"因为根本不知道爆料人是谁,也没有给出明确证明芝本那家伙是凶手的证据。再说了，告发对象是个医生，如果写出了不三不四的文章，对方可能会以损害名誉为由提出诉讼，那可就麻烦了。那些平日里道貌岸然的一流记者对这种情报通常是不感冒的。"

"可是你写了。"

"是。确实给不出直接的证据，可是其他方面的情报却非常详细，主要就是芝本的隐私之类的。我灵机一动，这一定是芝本的亲友爆的料。一定是芝本亲近的人之中有人怀疑他是杀人凶手。"祖父江讲得越来越起劲，语速也加快了。

亲友提供的情报，阿梓仅仅转动眼球环视了一下身边的几个人。

"明明没有直接证据，你就敢说芝本大辉是杀人凶手了吗？"声音里带着愤怒。

"我投稿的是一本三流杂志，从来都是刊登一些有的没的绯闻，根本不会有人相信上面的报道的！"

"可是，事实上却是引起了很大关注。"

"有个跟电影导演相熟的著名演员看了我的报道，就发上了博客，之后就传得整个日本都知道了，后来那些知名杂志看到这种势头也找我约稿了，之后我就不断写新的报道。"

"你是怎么得到新的情报的？"

"还是原来的来源给我的。一定是看到只有我写了报道，就决定给我提供情报了。真的是各种各样的情报都有。比如说芝本父母离异，跟着母亲长大，后来母亲病死，还有上学时的恋人的情报，连毕业文集的复印件都有。"

某个人把芝本老师的隐私信息提供给祖父江，还告发说他是杀人凶手。而因此芝本老师最终……听了录音笔的内容，阿梓不禁握紧了拳头。

"是谁提供了情报？是谁？"怒吼充斥了整个房间。

"我刚刚都说了好几遍了。我真的不知道。对方是定期把情报通过邮件送到我工作的事务所的，我只是把接到的情报按原样写在报道里而已。"

"你收到情报后，根本不去确认真伪就直接报道了吗？"

"这……"

祖父江心虚地说，使用了声音变换器的古怪声音打断了他的话。

"最后再问你一遍,到底是谁给你提供了情报？"

"我真的不知道。请你相信我！求求你了，把我放出去吧！"

"是吗……"声音里带着险恶的语气，"那，你已经没有用了。"

"喂，喂！你想做什么？快住手！求求你了，快住手！"

下一瞬间，录音笔里传来了悲痛的叫声，之后就什么都听不见了。

"录音就在这里结束了。"月村用阴沉的声音说道。

阿梓缓缓转过身来，看着手术台上横躺着的男子。虽然他本人也说过受到了拷问，但听了录音才让人真实地想象出当时的场景来。

"就是因为这个，祖父江的待遇才跟其他人不同，这下总算明白了吧。"小早川神情凝重地指着手术台。

"他就是芝本被迫害的元凶。所以不仅被拷问，还被剖开了肚子，胃里藏了按钮。"

"到底是谁会做这种事……"七海香把手伸向嘴边。

"这个嘛，或许就是芝本本人，也可能是跟芝本相关的人……说不定，那个眼角有伤痕的壮汉就是芝本的亲友。你不是跟芝本结过婚吗？那家伙有没有家人来着？"

小早川向樱庭发问，樱庭表情僵硬地回答："那个人平时都不怎么说起家人的事情的。我记得，他父母十年前就离婚了，之后应该就没怎么跟父亲联系。母亲原来是外科医生，五年前患癌症去世了。好像还有弟弟还是妹妹之类的，听他说，好像现在也是在加拿大还是什么地方当外科医生……"

阿梓一边听樱庭的话一边思考。确实，之前也从芝本口中听说过加拿大有亲人的事情。

"明明是前夫的事情，却没怎么听说过吗？"

"这也是没办法嘛，是那个人自己不想说的。"

樱庭咬着牙说，小早川用力耸了耸肩。

"不管怎么说，Clown 肯定是芝本本人或者跟他相关的人了。这也算是有了点进展。"

"可是，就算弄明白为什么要拷问祖父江先生，但为什么要把我们监禁起来呢？我可没对芝本做过什么。反过来，当初大学要解雇他的时候，我还拼命为他求情。只是最终人微言轻，没能保住他。"

月村自言自语之际，七海香缓缓指了指保险箱里。

153

"莫非线索就藏在文件袋里……"

众人的视线集中在四个文件袋上。小早川伸手取过放在最上面的一个文件袋。他撕开文件袋的一边。文件袋里装着十几张纸,用夹子夹住,小早川把这些纸取了出来。

"嗯?这是什么啊!'景叶医大教授会议记录'?这是一年前的东西。月村先生,我记得你就是在景叶医大工作的吧?"小早川问道,但是月村没有回答。

只见他表情僵硬,嘴唇微微颤抖。小早川转过头来翻看手上的记录,他看着看着,翻页的动作变得越来越快。

"……我说啊,月村先生,这到底是怎么回事呢?按照这份记录,是你在教授会议上提出要对芝本进行处分的。你那时的发言都记录在上面了。"

小早川一只手举起会议记录,另一只手拍打着纸张。

"芝本平日工作态度恶劣,作为外科医生的技术也有所欠缺。此外,有传言说他跟反社会团体有所联系。这次在杂志上刊登的事情也很有可能是事实。"

小早川看着记录上的文字大声读了出来。

竟然是这样……阿梓走近小早川,把会议记录从他手中抢了过来。小早川盯了她一眼，阿梓没有理会，开始阅读手上的记录。

"这到底是怎么回事？"阿梓抬起头盯着月村，"刚刚你不是说拼命为芝本老师说话吗？可是按照会议记录，正是你主张要跟芝本老师划清界限的！"

"这个嘛……当时也是碍于形势……"

月村目光游离，阿梓看到他的态度，更加相信会议记录的真实性了。

"为什么要做这种事情？保护下属难道不是上司的责任吗？"

听到阿梓的追问，月村扭曲着表情盯着阿梓。

"你又知道什么！我确实是芝本的上司，可我首先是医院的负责人！"

"这是什么意思……"

"自从芝本上了杂志以来，医院每天都被记者包围着。他们简直就是一群鬣狗，不仅是医院的职员，连患者都被他们采访，想要问出芝本的信息来。在这种状态下，你觉得我们还能正常运营吗？"月村一口气说了许多话，一下子喘不过气。十几秒后他才缓过劲儿来，直视着阿梓的双眼。

"为了不至于损害患者的利益，才不得不让芝本辞职的。对芝本确实有点残酷，可我并不认为自己有做错的地方。"

阿梓咬着嘴唇。月村或许确实没有做错，自己却难以接受，这是因为她知道芝本被辞退的时候有多么落魄。

"总之，我们现在清楚你的说法了。"小早川大声说道。

"而且，我们大概也知道Clown为什么要监禁你了，因为你就是导致芝本被辞退的罪魁祸首。嗯，这么说来……或许Clown还怀疑是你向祖父江提供的情报。"

"啊？你可不要胡说，我为什么要做这种事？"月村瞪大了眼睛。

"谁知道呢？或许你跟芝本之间还有过我们所不知道的过节。所以在事件发生之后，你就抓住机会向祖父江送去了情报。你既然是芝本的上司，自然知道很多事情了。之后还让他丢了工作。"

"你可不要乱说这些毫无根据的话！"

月村说着就要抓住小早川的衣领，阿梓连忙伸手拦在月村的肩膀上。

"请不要这样！现在可不是内讧的时候！"

月村与小早川怒视着对方，两个人的距离相当近，在下一刻，两人同时把视线转移开了。

樱庭在稍远一点的位置看着他们，不屑地说了一句"两个傻子"。

"我们没时间了，快看看下一个文件袋。"

阿梓走近了保险箱，拿出剩下的三个文件袋里最靠上的一个，她小心翼翼地打开了文件袋，里面只放了一张纸而已。

"麻醉记录单……"她下意识地念了出来。

阿梓是手术室的护士，这种东西她平时都会用到。麻醉记录单是做手术的时候，麻醉师用来记录患者的身体状况、出血量和使用的药物的文件。

"这单子是被涂改过了吗？"樱庭惊讶地说。她正站在阿梓身后，透过阿梓的肩膀看她手上的记录单。

阿梓回答道："是呢。"说着点了点头。

手上的这张纸看着好像没有什么特别，就是一张麻醉记录单的复印件。可是仔细观察就会发现有好几处被涂改液涂改过的痕迹。麻醉记录单是正规医疗记录，一般是不允许涂改的。

这张单子究竟是怎么回事……阿梓的目光投向

了手术医师一栏,看到那上面写着的名字,忍不住"啊"地叫了出来。原来那一栏的名字正是"芝本大辉医生",阿梓又连忙查看了患者和麻醉医生的名字。患者名是"挟间洋之助",而麻醉医生一栏写着的是……

"七海香小姐……"阿梓低声说道,"这是你填写的单子吧。"

七海香"嗯"一声回答。她半眯着眼睛,取过单子来查看,看着看着,她瞪大了双眼。

阿梓继续追问道:"确实是你写的吧?"

七海香像缩了一下脖子一样点了点头。

"是,这是我写的……这是一年半前,芝本老师给挟间导演做腹部手术的时候的麻醉记录单。"七海香的回答似乎让房间里的空气震动了一下。

"只要仔细查看,不难发现单子有篡改过的痕迹,这到底是怎么回事?"阿梓继续追问。

"我不知道!我没有做过篡改文件这种事情。"

"除了你还有谁能修改麻醉记录单吗?"小早川用不信任的语气说。

"单子是医院保管的,只要收进了档案室里,谁都可以在上面动手脚啊。"

"说是这么说,可是七海香小姐,你自己篡改的可能性也很充分,或者应该说你是最有嫌疑的人了。"

"为什么我要做那样的事情?"

"这我就不知道了。可能是在手术的过程中发生了什么不能让别人知道的事情吧?比如说,就像祖父江在杂志上写的那样,是芝本在做手术的时候销毁了他犯罪的证据之类的。"

"根本就没有发生这种事情!至少在手术的过程中芝本老师并没有做什么奇怪的事情。当然我也没有篡改文件。肯定是有人想要陷害我。"

七海香的肩膀随着她喘气的节奏颤动,小早川用鼻子"哼"了一声。

"口说无凭。最起码我们现在知道为什么你会被拐到这里来了。如果芝本在手术中对那个电影导演做了什么事情的话,你肯定都看到了,也就是说,你是那天晚上为数不多的目击证人之一。"

"都说了我什么都不知道……"

七海香还要争辩,月村抬起手制止了她。

"问心无愧就好。现在继续看剩下的文件袋吧。"

月村走向保险箱,樱庭不知道什么时候已经来到保险箱跟前。她从里面取出了一个文件袋,只见她撕开文件袋,看了看里面装的东西。

"里面是什么呢?"月村问道,樱庭没有说话。

樱庭走向墙边的器具架,从里面拿出了消毒酒精。在下一刻,她把文件袋扔在地上,又把酒精泼向了文件袋。

"火,给我火!"樱庭眼睛红得像血一般,她边走向小早川边叫喊道。

小早川微微张开口,却站在那儿没有动。

"你不是抽烟吗?应该有带打火机吧!"

樱庭走到小早川身边,把手伸进了小早川牛仔裤的口袋里。从里面拿出一个看起来很高档的打火机,转身走向了文件袋。

"快住手!你想做什么!"

樱庭被月村从背后拦住,她叫喊着挣脱了月村,手中的打火机掉落到了地上。

"快把文件袋烧了!"樱庭叫道。

小早川缓缓地走向打火机,满不在意地一脚把打火机踢飞了,打火机滚到了房间的角落。

"啊?!你到底在做什么?"樱庭瞪大双眼。

"这不是没办法吗?要是我把它烧掉了,不就是明摆着告诉别人里面装了对我们不利的证据了?

到时候就真的是百口莫辩了。这是性命攸关的事情，还是面对现实吧。"

小早川抓了抓后脑勺。阿梓从地上捡起被酒精沾湿的文件袋，樱庭喊道："住手！"阿梓没有理会，拿出了文件袋里的物件。

"这是……"

阿梓看到文件袋里的几张照片，惊讶得说不出话来。这些都是同一对男女的照片，里面有的是在亲密拥抱，有的是在车上接吻，连两人一起去精品酒店的照片都有。而照片上这两人，阿梓是认识的。

"这……这是什么？"阿梓举起照片，向照片上的两个人问道。

这两人正是小早川和樱庭。

月村和七海香看见照片，脸上泛起惊讶的神情。樱庭咬着牙，扭头看着别的地方。

"你看到的是什么就是什么呗！"小早川不耐烦地说。

"所以说你们其实是恋人关系吗？刚刚都是在演戏骗我们？"

月村责问道，小早川用力摇了摇头。

"你可不要乱说,我们从来没说过彼此不认识啊!"

"不要诡辩了。你们刚刚一直装作第一次认识的样子。啊不,你们其实是装作互相敌视的样子。为什么要这么做?"

"你们都是不认识的,单单我们两个认识,这么一来就解释不清楚了。为了不被不必要地怀疑,所以才这么做了。"

听了小早川的解释,阿梓回想起方才的情形。确实,这两人其实经常一同行动。

"总之,你们两个人是恋人关系,这么说没问题吧?"

"嗯,就是这样。我们在和子跟芝本离婚之前就开始交往了。而且被 Clown 绑架的时候也是一起的。我们都上了当,被假猎头骗了。"听见月村的问题,小早川爽快地回答。

方才一直很不高兴、不说话的樱庭忽然用沙哑的声音说:"喂!你怎么……"

"事到如今想要隐瞒也隐瞒不了。芝本已经死了,现在没有人会指责我们了。"

"樱庭小姐。"

月村看着樱庭，樱庭伸手抓了抓头发。

"是芝本有错在先。以前在大学医院上班的时候忙到都不怎么回家，后来转去了闲一点的医院，居然又沉迷于制作什么游戏了。密室逃脱游戏是什么破玩意儿啦，我最讨厌那个人的就是他老跟个小屁孩似的。本来我跟芝本结婚就是因为怀上了……后来领证以后却流产了。"

樱庭的表情掠过一丝哀伤，阿梓想起之前跟芝本聊过的话。他说，自从妻子流产以来，夫妻之间就产生了不可挽回的裂痕。之后总是互相避开，感情也越来越疏远了。

"所以就跟小早川先生交往了吗？"

月村低声问道，樱庭不耐烦地摆了摆手。

"是啊！流产之后两个人单独相处就变得很尴尬了。芝本那家伙偶尔会邀请这个人到家里。他可真够傻的，居然自己把老婆的出轨对象喊到家里来。"

樱庭干笑道，月村叹了一口气。

"这么一来，你们被绑架的理由也很清楚了。你们背叛了芝本，芝本被怀疑是杀人犯之后，离婚的事情也就可以顺利进行了。也就是说，你们是那次事件的获益方。对方认为你们跟电影导演之死有关也是理所当然的。"

"你可不要乱说，这结论也太跳跃了。"小早川争辩道。

月村回答说："这也是猜测而已。"说罢，他望向了阿梓。阿梓感到他的眼神相当锐利，不由得整个身体都紧张起来。

"刚刚打开的三个文件袋说明了我们四个人为什么会被绑架到这里。剩下的就只有你了，仓田小姐。"

"是的。"

"那我先问你一句。仓田小姐，你知道自己为何会被绑架到这里吗？"

"我不知道。"阿梓犹豫了几秒，低声说。

她已经可以猜到文件袋里面会有什么东西，可是要自己开口说明还是很不乐意。

月村叹了口气，拿起了最后的文件袋，把里面的物件拿了出来。首先取出的是一张照片。照片上是阿梓和一个面带微笑的男人。两人看起来像是靠在一起，手指稍稍接触着。

阿梓咬了咬牙。

"什么嘛！这不是芝本和你嘛！"樱庭用力翘起了眼角。

阿梓目光看着下方，用僵硬的语气说："我们之间什么都没有发生。"

"怎么可能什么都没有！明明就牵着手嘛！"

"樱庭小姐，你先冷静一下，里面还有别的东西……"月村说着把手伸进文件袋。

阿梓看见他取出的物品，表情变得很是尴尬。只见那是一张浅粉色的信笺。

"嗯……'前略，芝本老师。昨天您请我一起去参加游戏，实在是非常感谢。能跟老师一起参加游戏实在是像梦幻一般。没能够通关真是非常遗憾，拖了老师的后腿实在抱歉。之后您带我去吃的晚饭也非常美味。我实在太兴奋了，所以写的话语无伦次，还请老师见谅。最近是梅雨天，每天都是湿漉漉的，老师一定要保重身体。阿梓上。'这就是信笺上的内容。"月村念完手上的信笺，充满疑惑地看着阿梓。

"仓田小姐，信中的'阿梓'说的就是你吧？这应该是你给芝本写的信吧？"

阿梓有那么一刻想要否认。在场的数人并不知道自己的笔迹，或许可以撇清自己的关系……然而张开口却说不出否认的话来，最终阿梓缓缓点了点头。

如果否认的话，自己的立场反而显得更恶劣了。

"你这个人，竟然公然霸占别人的老公啊！"樱庭抓住了阿梓的衣领。

"你不也是跟小早川先生有外遇吗！你有什么资格说我！"

樱庭被阿梓戳到痛处，一下子说不出话来，阿梓趁机把樱庭抓住自己衣领的手甩开了。

"仓田小姐，你跟芝本是恋爱关系，我们可以这样理解吧？"

恋爱关系，阿梓在心里细细咀嚼着这个词。她点了点头。

"为什么把这种事情隐瞒到现在……"

"说到底还是勾引了别人的老公了吧！那个人怎么回事啊，对我可是爱搭不理的，像你这种土里土气的小孩到底哪里吸引他了？莫非你那方面技术很好？"

樱庭用尖锐的声音打断了月村的话，她站在离阿梓很近的地方盯着她看，然而阿梓却没有移开视线。

"大家都隐瞒了跟芝本老师之间的关系。你们也都没有主动说出文件袋里提到的事情啊！"

樱庭、小早川和月村的神情都动摇了一下。

"我都说了我没有篡改文件了!"七海香咬着牙说。

阿梓尖锐地说:"这只是无凭无据的话,请给我住嘴。"

七海香看起来很不高兴,可还是没有说话。

"之前就说出跟芝本老师的关系的话会引起大家不必要的猜疑。而且我也不想被人误解我和芝本老师之间的关系,正如樱庭小姐所想的那样。"

"我到底哪里误解你们了?!"樱庭生气地说。

"芝本老师和我之间……是柏拉图式的关系。"

"柏拉图?也就是说没有肉体关系?"

月村问道,阿梓用力地点了点头。

"我确实和芝本老师约会过好几次,当时也是很快乐的。可是除此以外就什么都没有发生了。"

"你说的话怎么能信!"

樱庭继续发怒道,阿梓一直没有避开她的视线。

"信不信由你。可是,就算没有肉体上的关系,我也还是那么喜欢……那么爱芝本老师的。一定比你更爱他。"

阿梓说了这句带有攻击性的话,樱庭龇牙咧嘴,涂了深红色口红的嘴唇尤其显眼。两个人之间充满了紧张的气氛，似乎一碰就会破裂。

"这就是你跟芝本没有往更深处发展的原因吧？"

月村摇着手举起了一张纸来，这也是文件袋里装着的物品。阿梓看到他手上的纸，表情变得僵硬起来。那是一张病历的复印件。

"这张病历是月岛一家医院的急诊室出的，患者名一栏上写的是'前桥梓'。仓田小姐，这病历跟其他东西装在同一个文件袋里，名字又是一样的，这个'前桥梓'，莫非就是你吗？"

"是的。"

阿梓的声音小得跟蚊子一样。前桥，这个姓氏很久没有听过了，但一想到它，身体的深处就涌起一种恐惧与厌恶的感觉。

"之所以姓氏不同，是不是就诊之后结婚了，还是说……"

"离婚了。差不多是在三个月前。"

"什么嘛，原来你结过婚啊？那不就是双重出轨了！"

樱庭嘲讽地说，阿梓用锐利的眼神盯了她一眼，樱庭一瞬间住了口。

"也就是说,不仅仅是芝本,你也是结了婚的人。所以那时候就只是柏拉图式的关系。我可以这么理解吧?"月村咬着牙慎重地说。

阿梓回答了一句"……是的",表示同意。

"嗯,这也不是大问题。我比较在意的是这张病历的日期。按照上面的内容,你在前年九月十八日凌晨两点的时候挂了急诊,当时脸和手臂都有严重的损伤,所幸没有脑出血和骨折,医生开了止痛药,之后就回去了。"

"九月十八日不就是事件发生的当天吗?!"小早川大声说。

"对的,而且还是凌晨两点。如果我没记错的话,这刚好就是芝本发现跌落的电影导演的时间。而就在这时,你因为受了伤去了急诊,这是怎么一回事呢?"

"病历上应该写着的,是因为在楼梯上摔倒了。"

阿梓的回答声音很小,月村听她这么说,半眯着眼睛看着她。

"仓田小姐,病历上写着,'据本人说,是在楼梯上摔倒了,但按照受伤的情况看来,很可能不是事实'。你能不能把实情告诉我们?"

月村看着阿梓的双眼,阿梓下意识地看了看四周,在场所有人都注视着自己,这种情况下大概是不能敷衍了事了。

阿梓低下头来,开始小声地说。大脑深处的可怕记忆渐渐苏醒了。

"我是……被丈夫施暴了。"

月村半眯的眼睛张大了。

"我的丈夫,现在是前夫了……他喝了酒就好像变了个人似的。"

阿梓的前夫跟她是高中同学,阿梓当上护士的时候就结了婚。当初觉得丈夫是个温柔的人,但没过多久就发现自己看走了眼。结婚半年后,他工作的工厂倒闭了,他就一直没有找工作,只靠阿梓的收入生活。而且他每次喝醉酒,都会发疯地骂人,说的话十分伤人。

"那天丈夫又喝醉酒发酒疯,我第一次跟他说了离婚的事情,他就暴怒地动了手。我被打之后拼命从家里逃了出来,之后就挂了急诊。"

阿梓用沉重的语气说,樱庭稍微有点轻蔑地"哼"了一声。

"怕不是因为跟我老公出轨了,所以才被打了吧。"

"樱庭小姐一定要这么想的话就这么想好了。总之,我那天被丈夫打了之后半夜三更地去了急诊。之所以要说是从楼梯上掉下来,一来是当时整个人很混乱,二来是为了不让事情闹大。这么说没有问题吧。"

阿梓看了看周围的几个人,他们都不开口说话。阿梓心里总算踏实下来,可是没有在脸上表现出来。其实刚刚说的只是事实的一部分,最想要隐瞒的那一部分则没有说出来。

"这么一来……现在我们都清楚每个人为何会被绑架到这里了。大家都跟芝本有很密切的关系。"在沉重的气氛下,月村总结道。

"还不如说,都是芝本痛恨的人。"

听到小早川这么说,手术室的空气更加凝重了。七海香说:"我并没有被芝本老师痛恨!"可是大家都没有理会她。

被痛恨啊……芝本老师真的有恨我吗?阿梓问自己。可是,她自己都给不出答案来。

"简而言之,我们现在只有一件事情要做。在限定时间之前要弄清楚前年的九月十八日发生了什么。"

"那都是一年半前发生的事情了,我们怎么可能弄清楚?再说了,如果那次不是纯粹的意外的话,那不就还是芝本杀的人吗?"樱庭不耐烦地说。

"事实或许真是这样的。可是,至少 Clown 不这么认为。而且他还觉得,只要我们五个人把知道的都说出来,就能弄清楚当天发生的事情。"

"Clown 凭什么这么觉得?他有什么证据吗?"

小早川自言自语道,月村摇了摇头。

"这可能只是 Clown 的猜测,也有可能是有证据的。"

"这怎么说都是太过分了。退一百步说,就算为了弄清真相把我们监禁起来是可以接受的,可一旦超时就要把我们烧死,这根本没有道理啊!"小早川往墙上踢了一脚以发泄愤怒。

"或许……是有道理的。"七海香小声说道,大家把视线集中在她身上。

"或许把我们关到这里来的人认为,犯人就在我们几个人之中,也就是杀害了电影导演的凶手……"

"杀害电影导演的凶手就在我们几个之中……"

小早川看了看在场的众人。

"这说得也太离谱了。怎么可能会有这种事？"

月村的话并没有让房间里紧张的空气缓和下来。小早川却露出严肃的表情开口说："先不要妄下定论。Clown 为了寻找杀害电影导演的真凶而追查到我们几个。可是他不确定谁才是真正的犯人，所以派了眼角有伤痕的壮汉，把我们关到一个地方，让我们彼此对质，希望通过这种办法找到真正的犯人。这么一想的话，现在的状况都说得通了。"

"可是，就算犯人真的在我们几个当中，单靠我们几个对话也未必能找出犯人啊！"月村反驳道。

"Clown 就是认为找不到也没所谓的吧。"

"找不到也没所谓？"

"对啊，如果在限定时间内找不到犯人的话，就把可疑的人全部杀掉，这样做最起码真凶也死掉了。"

"怎么会？！"七海香双手捂着嘴，阿梓也差点不相信自己的耳朵。为了惩罚犯人，居然要杀害其他无辜的人，到底为什么要这样做……

"这种做法太不公平了！"阿梓叫喊道。

小早川不耐烦地回答："就是不公平的啊！你倒是看看现在是什么情况。已经没有比这种地方更加异常的了。能做出这种事情的家伙当然不是正常人。"

事实或许就如小早川所说的那样。阿梓看了看房间四周,重新注意到躺在手术台上的男人。想到男人遭遇过的事情,或许小早川的想法真的没有错。

"这么一来我们要做的任务就很清晰了。如果杀人犯真的就在我们之中,那就要把那家伙找出来。如果没有,就要让 Clown 接受这个说法。你们同不同意?"小早川双手微微张开,做出一个征求意见的手势。

"可是,如果我们真的发现了杀害电影导演的凶手,到时候要怎样才能告知 Clown 呢?"

阿梓提出了疑问,小早川指了指连接手术室和诊疗室之间的通道。

"那家伙可是连这种夸张的布置都做出来了,肯定已经在某些地方安装了偷拍摄像头和窃听器监视我们。到时候真的找到了犯人,就直接大声说出来好了。"

"真的是这样吗?这房间里一点繁杂的东西都没有,如果真的装了这些装备的话,应该很容易发现才是吧……"阿梓看了看房间四周。

"这种问题等找到犯人之后再考虑吧。现在的问题是，我们当中有没有谁是认识挟间导演的？"

没有人响应小早川的发问，小早川叹了口气。

"确实，不太可能有人会主动承认。"

"樱庭小姐，你最起码有见过挟间吧？他毕竟是你丈夫的商业伙伴。"月村指出这点，樱庭脸上露出明显的厌恶的表情。

"我刚刚都说了，我对那个人弄的无聊的游戏非常讨厌，与游戏相关的什么人士之类的根本就不想认识。"

"那至少名字总是听说过的吧……"

"那，个人倒是跟我聊天的时候好几次提起过电影导演的事情。然而我一点都不感兴趣，每次都没认真听。"

樱庭边说边摆手，摆出一副结束话题的样子，月村的样子看起来很困惑。

"也就是说大家都不直接认识他。那么知道一些关于这个导演的人总有吧？他似乎是个颇为有名的导演对吧？"

"是的，挟间导演相当出名。"阿梓犹豫了一下还是开口说道，"他大概十五年前出道，出道作就是恐怖电影，当时一炮而红。之后有好几部作品也是大卖，年轻人大都听说过的。是这样没错吧？"阿梓向七海香问道。

七海香回答道："是的。"说着点了点头。看到七海香认同，阿梓松了口气，继续往下说。

"后来，挟间洋之助不只是当电影导演，还制作了一些有名的鬼屋。"

阿梓继续说跟挟间相关的事情，月村侧着头问："制作鬼屋？"

"就是负责鬼屋的设计。然后到了十年前左右，他开始想可以把鬼屋和密室逃脱游戏结合起来制作新的娱乐项目。当时芝本老师还是学生，但已经是知名的密室逃脱策划人了。挟间找到了芝本老师，两个人一起开发制作密室逃脱游戏。他们好像就是在那时候开始认识的。"

樱庭用充满嫌弃的口吻说："哎哟，你对那个人那么了解啊！"

"原来如此。这么说芝本原来是这样认识电影导演的。我在杂志上也看到过，好像是说，他们两个打算以这家田所医院为舞台，开发新的游戏对吧？"

"对的，他们认为在这家医院里能够做出最惊悚的密室逃脱游戏，所以投入了很多精力。"

"真是的……"小早川用力地摇了摇头,"他们到底是怎么想的,这里可是真实杀过人的,而且还是进行非法器官移植的地方,居然想在这种地方搞娱乐项目。"

"一开始芝本老师也很苦恼。后来对方说,医院出事已经是好几年前的事情了,而且就算芝本老师不参加也一定会把游戏做出来,于是他就被说服了……后来就集中精力设计游戏和做准备工作,那些道德上的考虑也就不去想了。"

"你真的知道很多呢!还说是什么柏拉图式的关系。"樱庭不怀好意地说。

"密室逃脱游戏是我跟芝本老师的共同爱好。因为周围没有人能跟他聊这个话题,所以他才跟我聊了各种各样的内容。如果他身边就有人能跟他交流的话,他肯定就不会找我,而是跟身边的人说了。"

听了阿梓的嘲讽,樱庭皱了皱鼻子。

"那你还知道其他芝本和电影导演之间的事情吗?"月村问道。

"挟间导演好像经济上有些困难,田所医院的地产也是芝本老师买下来的,而且他还向芝本老师借了钱。"

"这样啊……那个电影导演确实是在前年的九月十八日死的吧？当时的情况到底是怎样的呢？"

月村的这句话既不像提问也不像是自言自语，在场的人都没有回答。

"喂，你们怎么了？到底挟间是怎么死的，你们都不知道吗？照这么下去我们可找不出犯人。"

小早川皱了皱眉头，七海香小声说道："那个……"

"我觉得，事件的经过应该是写在杂志文章上的吧？就是贴在隔壁房间墙上的那些。"

大家把视线转移到通往诊疗室的通道。

"对。我们去看看诊疗室里的报道写了什么内容，应该就能弄明白一些情况了。快去吧！"

听到月村的指示，阿梓等人一同向诊疗室移动。诊疗室的一面墙贴满了杂志报道的复印件，阿梓刚踏入房间就止住了脚步。小丑人偶躺在地板上，好像整个身体失去了力量一般，四肢以奇怪的方式扭曲着，此刻正与阿梓四目相对。人偶的玻璃眼珠给人一种会把人吸进去的错觉。

"有那么怕那只小丑吗？不用怕，它不会突然站起来袭击你的。"

小早川来到阿梓身后，他边嘲讽边走进了房间。

画下本书封面吧!

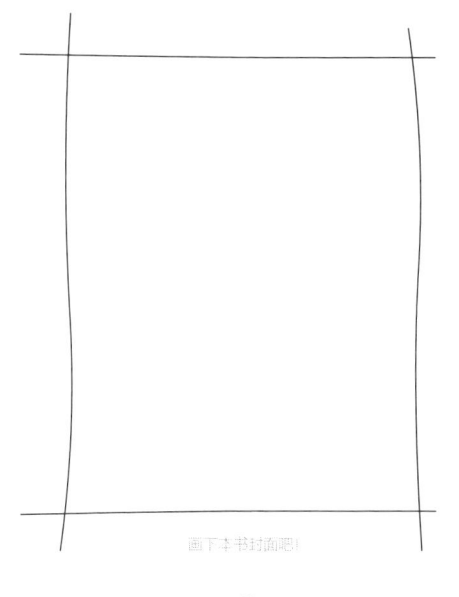

from 未读(注) → to 已读(99+)

使用说明:
沿虚线裁开本卡片,即可获得 1 张读书笔记小卡。填写并收集本卡片,在小红书发笔记可兑换 未读独家文创。 卡片数量越多, 文创越是重磅。

(注)「未读」, 未读之书, 未经之旅。一个不甘于平庸, 富有探索与创新精神的综合文化品牌,为读者提供有趣、 实用、 涨知识的新鲜阅读。

扫码或搜索关注小红书
@未读Unread 查看活动详情

本活动最终解释归「未读」所有

书名　　　　　　　　作者

我的评分　　　　　　阅读日期
★ ★ ★ ★ ★

最爱金句

我的书评

U N R E A D

一起制作 把「未读」
读书笔记吧！变成已读

阿梓有点不高兴,她把视线转移到墙壁上。

阿梓只是看了一眼墙上贴着的文章,脸颊就有点隐隐作痛。文章的内容完全就是诽谤中伤,不仅强烈暗示芝本杀害了挟间,还掺杂了很多无中生有的罪名。

比如在医学院时给女性喝下安眠药,在对方不省人事的时候带去酒店;经常给不良团伙成员开兴奋剂的处方;为了赚钱,不断给患者做不相关的复杂手术,最终引发并发症,导致患者死亡。

可是,这些报道的下面都用小字写着"有相关人士提及此事,但真实性不明。"很明显就是想要逃避责任。

这些完全就是陷害!阿梓有一种冲动,想要把眼前的这些文章全部撕碎。阿梓所认识的芝本虽然有点毛毛躁躁,甚至有时候还有些靠不住,却是个很温柔的男人,性格也非常纯真。他在医院里为了患者可以拼命地工作,跟阿梓聊起密室逃脱游戏的时候,眼睛里的光芒又仿如少年一般。阿梓正是被这种反差所迷住了,那个人绝对不会做文章里写的事情。

阿梓看了看通道对面躺在手术台上的男人的脸。

直到方才，她还对这个人有些许同情，但此刻则不由得认为他之所以有这种下场完全是自作自受。

"找到了，就在这里！"月村说道，"这里写了事件的详细经过。"

阿梓等人走近了月村，看他眼前墙壁上贴着的报道，报道上按照时间顺序列举了事件的经过。

"按照报道，挟间导演应该是在十八日深夜零时后一直跟朋友喝酒，之后坐的士来到了田所医院。报道还说，挟间应该是到田所医院来跟芝本见面的。芝本平时都是在医院里待到那么晚的吗？"

月村用手指指着文章说，樱庭点了点头。

"那会儿，他说要专心准备娱乐项目，基本上都不回家，每天就住在这家医院里。"

"原来如此。按照的士司机的说法，他在晚上十二点半左右把挟间送到田所医院门前。而芝本叫救护车则是在凌晨两点多。救护车来到的时候，挟间正倒在医院外面，受到了强烈打击，右腹部都整个陷进去了。他腹腔内出血导致晕倒，当时已经没了意识。"月村看着报道继续说。

"一开始，急救队打算把挟间送到我们景叶医大附属医院，可芝本却要他们送到自己担任外科医生的青蓝医院进行紧急手术，于是最终就送到了青蓝医院。到了青蓝医院后，芝本亲自给挟间施行了紧急手术，可最终却没能救过来，挟间就死了。这些就是事件的客观事实。对了，七海香小姐，你还记得他们到达青蓝医院后发生的事吗？"

月村的视线从报道转移到七海香身上，"我也只是听别人说。"七海香以这句话开头并说道："急救部给伤者做了 B 超，发现肝脏和右肾脏破裂，大量血液流到了腹腔，需要做开腹手术进行止血，因此我就施行了麻醉，之后就进行了紧急手术，可是肝脏损伤过于严重，止血很难进行。等到好不容易止住了肝脏出血，患者却停止了心跳，之后给患者进行了心肺复苏，但是已经救不回来了。"

七海香说话的语气很平淡，阿梓等人都沉默着听她讲。

"由于不是正常死亡，于是医院就联系了附近的警察署。一开始是署里的警察过来调查，到了早上法医也来了。我也被问了很多问题，到了下午才结束调查可以回家。"

"当时似乎做了司法解剖，最终得出的结论是没有发现异常。"月村再次把视线投向墙壁上的文章。

"从挟间的血液中检验出浓度较高的酒精，在田所医院五楼的窗框上也找到了挟间的指纹，而且挟间倒下的地方周围也留下了很多呕吐物。于是警察认为挟间是喝醉了酒，在窗边探出身子想要呕吐，结果失去平衡从建筑物坠落了。然后应该是碰到了正面入口的房檐，身体右侧遭受了强烈撞击。"

"然而，一个月后情况出现了变化……"

小早川压低声音说道，月村的表情变得严肃起来。

"是啊！事发当晚，芝本跟急救队说的是'来到医院的时候，在正面入口的一侧看到挟间倒在地上，于是就叫了急救车'。周边的人却说'芝本应该是在医院过夜的'，祖父江就是抓住了这个疑点。"

"芝本老师没有对此做出解释吗？"七海香问道。

月村指着文章继续说："有的。'我们追问了芝本大辉这个问题，他说是回家拿替换的衣服了。可是正常情况下真的会在半夜回家拿衣服吗？我觉得这是说不通的。'报道上是这么写的。"

"所以说，真相就是芝本把挟间推了下去，之后假装成第一发现者叫了救护车吗……"小早川交叉着双臂。

"这篇报道就是这个意思。就是说是芝本将其推了下去,然后等到挟间已经救不活之后才叫的救护车。他没有把挟间送去大学医院,而是送去青蓝医院,这也是很可疑的。"

听了月村的话,阿梓探出身子来。

"这很奇怪吗?急救队到达的时候挟间导演已经是昏迷状态了,优先考虑治疗速度也是很自然的,所以才决定送到更近的青蓝医院,这难道不对吗?"

阿梓语速很快,月村往后退了半步。

"嗯,这么说也有道理了。七海香小姐,你是当时的麻醉师,你怎么看这件事?"

"我也认为芝本老师的判断是正确的。当时伤者失血过多,如果要送到景叶医大的话,恐怕在急救车上就已经停止心跳了。而且我可以保证,手术本身也是没有问题的。"

七海香刚说完,小早川就说:"即使篡改麻醉记录单的麻醉医生保证了,也说明不了什么嘛!"

"我没有篡改记录!"七海香气得涨红了脸。

"七海香小姐,你先不要急。总而言之,我们现在可以确认的是,前年的九月十八日凌晨零点三十分左右，挟间从田所医院，也就是这里的五楼坠落。然后到了凌晨两点过后急救车赶来，把他送到了青蓝医院。这些都没有疑问吧？"月村把事件的经过梳理了一遍。

"据芝本本人所说，他在深夜的时候回家取替换的衣服，凌晨两点才回到田所医院，之后就发现了挟间。而同时又有人怀疑他其实一直都待在田所医院，之后不知道发生了什么冲突，最终把挟间推落坠楼，然后才假装是从别的地方赶回来。说到这里，我想问问樱庭小姐。"

樱庭突然被叫到名字，一边眨眼一边问："怎么了啊？"

"你在事件发生的时候还是芝本的妻子。也就是说，如果当天晚上芝本确实回家了的话，你应该会在家里见到他才对。所以想跟你确认一下，事发当晚芝本真的回家取衣服了吗？"

月村低着头看着樱庭的眼睛，樱庭摆出一副漠不关心的样子回答："不知道。"

"不知道？是因为睡得太沉，所以没留意芝本有没有回家吗？"

"才不是呢。我那天根本就不在家，所以也就不知道芝本那家伙有没有回家了。"

"不在家？那是回娘家了吗？"

"不是，是在这个人家里。"

樱庭伸手指了指小早川，小早川的神情有点不自在。

"干吗那么不自在呢？人家都已经知道我们的关系了，再怎么掩饰也是没用的。那天我去了这个人家里。那时候芝本都是睡在这家医院里的，所以我就算不在家睡他也完全不会知道。呵，那真是个糊涂鬼。"樱庭露出了嘲讽的微笑。

"小早川先生，樱庭小姐说的是真话吧？"

小早川听月村这么问，犹豫了一会儿，但还是点了点头。

"对啊，那天和子是在我家。"

"所以说，我们两个在事发当晚是有完美的不在场证明的。"

"这怎么能算是完美的证明呢？你们两个不是恋人关系吗？完全有可能是互相串了口供啊！"阿梓反驳道。

樱庭不高兴地眯起眼睛。

"什么嘛！这种情况下根本就不可能有所谓的完

美证明啊，你这分明是存心找碴儿。"

"嗯，先不管樱庭小姐和小早川先生的不在场证明能不能成立，总之，问清楚事发当晚各人分别在哪里也是很有必要的吧。"

月村调解道，小早川趁机说："那么你当时又在做什么？"

"我？我啊……老实说已经记不清了。老实说，我是很久以后才知道这件事的，当晚的话大概也是在家里睡觉吧。"

"所以说，你也没有不在场证明吧？"小早川追问道。

月村说："嗯，是这样的。"说着点了点头，露出尴尬的表情。

"我可是有很好的不在场证明的。"七海香大声说道，"我在事件发生的当晚一直在青蓝医院值班，后来挟间导演被送到我们医院，我就给他做了麻醉，所以说我的不在场证明是千真万确的。"

"喂，你这是在睁眼说瞎话啊！"小早川仰起下巴说道。

"我说的哪里不对了！"

"我可是很清楚青蓝医院的情况的，我以前就在那里兼过职。青蓝医院的麻醉科医生是不用在医院里值班的，只需要在家里待命，有需要进行紧急手术的时候，医生随叫随到就可以了。难道我说得不对吗？"

七海香表情僵硬没有作声，小早川眯起眼睛做出怀疑的神情。

"你这个人，表面看起来好像连一只虫子都不敢杀的样子，其实却很可疑。我看篡改麻醉记录的就是你吧？"

"我……没做过那种事情。"

"那就只有天知道了，不过这么一来，你也就有作案的可能性了。你可以在这里把挟间推下去，然后接到医院的通知后再赶去青蓝医院。"

"我根本就没见过挟间导演！我为什么要杀他？"

"你的声音太大了！"小早川双手捂着耳朵，"我说的只是可不可能的问题而已。好吧，那现在就是仓田小姐了。事件发生的时候你在哪里呢？"

"我……"阿梓犹豫了一下说，"我刚刚都说了，当晚我被丈夫打了，就去了离家不远的月岛的医院就诊。"

"你是在凌晨两点,也就是挟间被发现的时候到的医院。那你丈夫到底是什么时候打了你,在那之后你又是怎么去的医院呢?"

"这……被打的时间我已经不记得了。我当时就是又惊又怕,在外面魂不守舍的,不知道怎样就去了医院。"

"不知道怎样就去了?你这解释也太模糊了。这么说起来,被丈夫打这件事也不知道是真是假。或许是你想要把挟间推下去的时候遭到了反击才被打的吧?"

"不是这样的。"阿梓压着声音说,她握紧了拳头。

"这么说,有清楚的不在场证明的就是小早川先生和樱庭小姐两位,不过现阶段也什么都确定不了。"月村抓了抓后脑勺。

"怎么会确定不了呢?我们两个既然有不在场证明,那下一步就是确定你们三个之中谁是凶手了。"

听樱庭这么说,月村皱了皱眉头。

"请不要说得那么绝对。再说了,到底杀害电影导演的人是不是就在我们几个之中,也还是未知数。"

"是吗?把我们绑架到这里的家伙可不这么想。对方肯定有理由认为犯人就在我们当中。既然如此,那比起算是有不在场证明的我们，你们三个明显更加可疑。尤其是你，居然编造值班的事情想要糊弄我们，还有你在案发当晚受了伤。这些事情都应该先告诉 Clown 吧。"

樱庭依次指着七海香和阿梓，阿梓被她说得哑口无言。

"不要乱说。Clown 的要求是弄清楚九月十八日事情发生的经过，仅凭这些单薄的证据就要指控别人，对方可不会那么轻易地放我们出去。"

"那你倒是说说该怎么办啊！"

"出卖情报的到底是谁呢？"这时候七海香突然指着墙上的报道说。

"你在说什么啊？"樱庭侧着头问。

"录音里祖父江被拷问的时候说过，情报是一个匿名的人定期寄给他的。说不定提供情报的人会跟九月十八日发生的事情有关呢？"

"你凭什么这么说呢？这两件事一点关系都没有吧。"

小早川对她的话嗤之以鼻，七海香却没有退缩的意思。

"或许真的没关系，可弄清楚这件事也总比什么都不做的好。这么下去的话,再过三个小时我们都得死!"

"说是这么说,可是想弄明白提供情报的家伙根本就是不可能的啊!"

七海香的反驳让小早川面红耳赤,他不高兴地喊道。

"等等,这可说不定呢!"月村看着墙上的报道说,"报道的内容相当详细,而且从文章风格看来,好像是那个叫祖父江的记者用自己的口吻说的一样,完全没有采访任何人。这么看来,提供给他的资料本身就是非常详细的。也就是说,提供者应该是跟芝本相当亲近的人……比如说我们当中的某个人。"

"这也不一定,或许爆料人只是随口胡说呢?"

"确实报道里充满了恶意的诽谤,我所认识的芝本并不是这样的人。可是仔细看的话,诽谤里也混杂了很多真实的内容,这些内容除非是关系亲密的人,不然是不能知道的。"月村指着一篇报道。

"比如说,这里是讲芝本的专业的。芝本是属于上消化管胃癌研究组的,他回大学拿博士学位的时候做的研究是革囊胃型胃癌的研究。知道这个信息的人应该只有很少的几个。"

"不只是那个。报道里还提到了非常细节的内容，比如说芝本老师做手术的时候喜欢听爵士音乐，还有喝酒喜欢威士忌之类的。"阿梓补充说。月村点了点头。

"爆料人肯定是故意把诽谤的内容跟真实情况混杂在一起，从而提高了诽谤的可信性。"

"就算是那样又能说明什么嘛！再说了，这种情报就算是外人只要认真调查也能收集得到吧。就靠这些也弄不明白爆料人是谁吧？比起这个，现在更重要的还是弄明白是谁杀了电影导演吧！"

听着小早川唾沫横飞的叫喊，阿梓总感觉到有哪里不对劲。小早川的态度让她觉得有什么事情令他非常焦急。

到底是什么事情让小早川如此不安呢？阿梓看了一眼贴着无数杂志文章的墙壁，她的视线停在墙壁的某处，这是她方才认真看过的区域。

脑海里浮现出几个小时前发生的一幕，阿梓不禁伸手捂住了嘴。

"小早川先生，"阿梓走到墙壁跟前，"请到这边来一下。"

小早川一边问："怎么了？"一边向她走近。

"能看看这篇文章吗?"阿梓伸手指着一篇报道,上面引用了芝本的毕业文集。

"这是那家伙的高中毕业文集吧。有什么问题吗?"

"你是怎么知道这是高中毕业文集的呢?"

"啊?你到底想说什么?"

"报道上只写着'芝本大辉毕业文集',根本就没有'高中'两个字。而你则说这是高中的毕业文集,说起来,你之前也说过'高中的毕业文集被登到杂志上'之类的话,所以你是怎么判断这是高中毕业文集,而不是小学或者初中的呢?"

阿梓说着向前迈了一步,小早川在她的压力下向后退了一步。

"那是因为……"

"小早川先生,你说过你是芝本老师的同学对吧?难道就是你把这本文集寄给祖父江的吗?"

"不,不是!这就是他高中时代的文集,肯定在别的报道里……"

"哪一篇报道?!"阿梓没有给他思索的间隙,"这间房间里贴满了所有关于芝本老师的杂志报道,请问你是靠哪一篇报道知道这是他的高中文集呢?"

在阿梓的追问下，小早川的视线变得游离起来。从他这种明显狼狈的态度，阿梓更加确信，把情报泄露给祖父江的正是他。

"小早川先生……"

月村开口说道，小早川浑身颤抖起来。

"你就是那个'爆料人'吗？"

"你别乱说！你们根本没有证据吧！就因为我说是高中的毕业文集……这纯粹是我的直觉而已……"

"贤一！"

樱庭大声叫道，小早川顿时说不出话来。

"真的是你爆料给祖父江的吗？如果是真的话，那就……请你大胆地承认吧。"

小早川听见樱庭，听见他的恋人这么说，他的表情像蜡烛接触到火焰一样软了下来。

沉默了十几秒后，小早川低下头说："嗯，我就是'爆料人'。"

4

"为什么？为什么要做这种事情？！"樱庭诘问小早川道，只见她两眼开始湿润。

"还不是为了你！"小早川紧握双拳喊道。

"为了我？"樱庭眨着眼说。

"就是啊。这全都是为了你而做的！"

"小早川先生，能不能给我们说清楚？"月村插嘴道。

小早川沉默了十几秒，然后才用几乎听不清楚的声音说："芝本他……好像注意到我跟和子出轨了。"

阿梓听到这句话疑惑了一下。芝本老师知道妻子出轨的事情吗？他可是从来没说起过这件事。

嗯，不过……阿梓搜索着自己的记忆。在那件事发生的两三个星期前，芝本曾经不时露出非常痛苦的表情，好像在想什么重要的事情一样。当时阿梓以为芝本是因为很久没有认真设计密室逃脱游戏了，为了思考游戏策划才会那样，所以也没有在意。现在回想起来，当时芝本也有可能是发觉到妻子出轨的事情，为此而感到烦心。

"为什么你会认为他发现了你们出轨的事情？"

"芝本他……他请了私家侦探。"

"侦探？"月村惊讶地说。

"对的。"小早川点点头，"他是在去年八月左右雇的侦探，是这样没错吧，和子？"

"是的，那个人给侦探事务所付了一笔一百万日元左右的钱。"

樱庭听他们突然问到自己，便漠不关心地回答。

"你确定这件事真的发生了吗？"

听月村这么问，樱庭点了点头。

"他在我们共用的电脑上留下了浏览侦探事务所主页的历史记录，而且雇侦探给的钱的收据就这样放在桌子上。那个人也真是一点都不小心。"

"可是他雇侦探到底是为了……"

"那还用问吗？自然是要找到我跟和子出轨的证据了。"小早川说话的语气变得不太高兴了。

"当时芝本与和子还谈到过离婚的事情。如果抓住了和子出轨的证据，芝本在分财产的时候就处在有利的位置了，所以他才让侦探调查我们。"

小早川指了指手术室。

"刚刚那些保险箱里我与和子的照片肯定就是芝本雇的侦探拍的。"

"原来是这样……所以我们现在可以认为芝本很有可能知道你们出轨了。可是这跟你爆料给祖父江有什么关系吗？"

"月村先生，说到这里你还不明白吗？"小早川叹了口气，"电影导演死后，芝本那家伙不得不暂停了这里的娱乐项目，而且一下子也没空去办理离婚的事情。可是等他缓过劲儿来，他一定会跟和子提出离婚，而且还会提出对自己有利的条件。说不好甚至还会起诉我的。"

"起诉你？你不是芝本的朋友吗？"

"正是这个朋友跟他老婆出轨了，他肯定更加恨我啊！"

小早川歪着嘴唇，摆出了一个自嘲的表情。

"所以你就在那之前把情报泄露给祖父江，借此来抹黑芝本吗？"月村低声确认道。

小早川耸了耸肩。

"我当初也没想到事情会闹到这么大，主要是不知道那个挟间导演原来那么有名。可是这么一来事情反而更顺利了。在媒体的追击之下，芝本狼狈不堪，和子跟他说'跟你一起被媒体骚扰太可怕了'，他就轻易答应了离婚，而且是对和子很有利的条件。"

小早川似乎已经抛开了顾虑，反而主动地向其他人说明事情的经过。阿梓听到他的话，愤怒得说不出话来。

为了让自己的恋人用有利的条件离婚。仅仅是为了这种理由，就把芝本老师说成是杀人犯，也正是他的所作所为最终使得芝本老师……此刻阿梓心中充满了愤怒，仿佛视野也染上了一层红色。

"你们也太过分了！竟然为了这种事情……"

在阿梓愤怒地发声的同时，房间里传来了警报声。阿梓下意识地扭过头来，原来声音是从隔壁手术室传来的。大家通过过道向那边看去，只见麻醉机的显示屏显示患者血压升高了。

"啊，糟糕了！"七海香匆忙跑向手术室。

"七海香小姐,没事吧?"月村喊道。

只见七海香跑向了手术台,拿起一个塑料容器,里面是硬膜外麻醉使用的麻醉药。

"好像是硬膜外麻醉药用完了,因此血压和脉搏才上升了,我现在就给他加上新的麻醉药,应该没问题的。"

人就算在没有意识的时候,交感神经也还是会对痛觉刺激做出反应的。由于局部麻醉失效,在全身麻醉的时候也会出现血压和脉搏上升的情况,这并不是特别异常的事情。

刚刚的状况打断了阿梓说到一半的话,她抬头盯着小早川看,小早川的眼神明显在躲避她。房间里的空气好像完全黏住了一般。

"那么,我们现在知道是谁把情报泄露给祖父江了,下一步就是要弄清楚九月十八日发生的事情。"月村看着小早川,眼神里充满了怀疑。

"喂,你该不是怀疑是我杀了电影导演吧?"小早川大声叫道。

"当然要怀疑你!是你用卑鄙的办法陷害了芝本老师!而最终芝本老师还……你敢说不是你杀了电影导演,然后故意把罪名栽在芝本老师身上吗?"

阿梓向小早川充满愤怒地说。

"不，不是这样子的。我一直认为电影导演的死是一场意外，我只是利用了这个事件而已……请你相信我。"

"相信你？你对芝本老师做了那样的事情，我还能相信你吗？这种话你也好意思说出来！"

"仓田小姐，请你冷静一下。"月村制止了阿梓，他斜着眼看着小早川。

"可是仓田小姐说的也有道理，我们实在很难不怀疑你。"

"祖父江先生的状态稳定下来了。"七海香从手术室回来说道。

阿梓、月村、七海香三个人围着小早川站着。

"你们等一等，这个人不可能是杀害电影导演的凶手。"樱庭站在了小早川跟前。

"刚刚都跟你们说过了，事件发生的晚上，我是和这个人在一起的。"

"这到底是不是真的，谁也不能证明。"阿梓的声音有点沙哑。

"确实证明不了，可是他也不是凶手。他只是为了帮助我而做了过分的事情而已。"

"只是过分而已?你倒是说得轻巧。正是因为他,芝本老师,也就是你以前的丈夫才失去了生命。即便是这样,你还要袒护这个人吗?"阿梓追问道。

樱庭闭起双唇,垂下了眼睑。

"我觉得,我们还是冷静地分析一下吧。"七海香对阿梓说,"虽然现在知道小早川先生就是'爆料人',可是仅凭这点就说他杀害了电影导演的话,我觉得是很奇怪的。"

"怎么奇怪了?!他为了陷害芝本老师当然可以这么做啊!"

"仓田小姐,你仔细想想,就算真的是为了恋人,去杀死一个不认识的人,一般人会这么做吗?"

"这个……"听了七海香的分析,阿梓一下子说不出话来。

"再说了,就算真要铤而走险,那也应该杀害芝本老师本人而不是挟间导演。只要杀了芝本老师,遗产就全是樱庭小姐的了。反过来要大费周章地杀害挟间导演,然后把罪名安在芝本老师身上,让离婚更加顺利,这样做不仅增加了风险,成功率还降低了。如果芝本老师有不在场证明,整个计划就失败了,而且警察调查案件的时候也很有可能暴露,这么做太不值了。"

七海香的分析很有道理,阿梓无言以对。

"我还是觉得,挟间导演的死要不就是意外……要不、或许就是芝本老师干的吧?"

"七海香小姐,你怎么会这么想?"

"芝本老师的不在场证明本来就有点不对劲嘛!"

七海香用手指摸了摸嘴唇。

"不对劲具体指的是?"月村问道。

"这也只是杂志上写的内容而已。芝本老师说,'事件发生的时候在自己家',而当天他的妻子,也就是樱庭小姐,是在小早川先生家里过夜的,是这样没错吧?"

听到七海香忽然提起自己,樱庭表现出警惕的神情,但她还是点了点头。

"如果,我是说如果,当天芝本老师真的回家了的话,他发现半夜妻子没有在家里,肯定会觉得很奇怪才对。这种时候他应该会马上联系樱庭小姐,如果他怀疑你出轨的话就更应该这样做了。樱庭小姐,事件发生的时候芝本老师有联系过你吗?"

"没有。"

"那就真的很奇怪了。我觉得当天晚上芝本老师应该没有回家吧?所以他也没察觉到妻子不在家里。他说'在家里'大概是为了隐瞒某些事情而撒的谎吧。"

"他要隐瞒的'事情'莫非就是指杀害了挟间洋之助?"月村问道。

七海香犹豫了一下,点了点头:"是有这种可能性。"

"就是这样!肯定就是这样的!果然凶手就是芝本!"小早川突然向天花板大声喊道。

"喂!把我们关在这里的家伙,你听到没?杀害电影导演的就是芝本。既然我们已经找到真相了,那就快点放我们出去!"

"小早川!"

"怎么啦?"

"不要自作主张。现在还不能确定芝本是凶手。"

"刚刚七海香小姐都说了。芝本就是凶手,除此之外没有别的可能了。"

"我们还是要慎重一点。如果搞错的话,犯人可是要放火烧掉这家医院的!"

"我们这么下去,三个小时后还是会被烧死的。

现在必须得出结论来。"

月村和小早川互不相让,他们激动得眼都红了。阿梓站在离他们稍远一点的位置看着,他们两个人完全冷静不下来。在这种被监禁、随时有生命危险的情况下,每个人都难以控制自己的情绪。

阿梓回过头来看着手术室,安装在墙上的计时器正闪烁着"2:43:21"这串数字。

已经没时间了,看来是不可以再隐瞒下去了。阿梓在心里暗下决心,她用力吸了一口气。

"芝本老师没有杀害挟间导演!"

阿梓的叫声在房间里回荡,月村和小早川停止了争论。

"你凭什么这么说?"小早川问道。

"因为我知道。芝本老师不是凶手。"

"我就是问你这么说有什么证据啊!"

"那天晚上,事件发生的时候……芝本老师跟我在一起。"

听阿梓这么说,小早川瞪大了眼睛。

"你在事件发生的时候……跟芝本在一起?"

"是的。九月十七日晚上十一点多,我被前夫殴打后从家里逃了出来。当时又怕又不知如何是好,于是就……给芝本老师打了电话。芝本老师大约在三十分钟后开车来找到了我。"

听到自己的前夫在深夜跟别的女人见面,樱庭露出了嫌恶的表情。

"芝本老师看到我脸上受了伤,要马上带我去医院。可是我当时心情很乱,很怕会把事情弄大,于是就拒绝了……当时只是想跟芝本老师说说话。"

"你跟芝本谈了多久?"

"大概两个小时。后来我的情绪慢慢稳定下来,就听芝本老师说的去了急诊。刚刚在保险箱里的病历中就有当时就诊的记录。"

月村抬了抬头,好像是在整理头绪。

"所以说,从晚上十一点开始的两个小时间芝本都在车上和你说话。之后把你送到了医院,他回到了平时过夜的田所医院这里,发现了坠楼的导演,然后马上叫了救护车。是这样没错吧?"

"是的。"阿梓点了点头。

"简直就是信口开河!"樱庭突然用尖锐的语气说,"这么重要的事情居然一直隐瞒到现在,这不是很可疑吗?肯定是你刚刚才想出来的,再说了,你说的这些话有什么证据吗?"

阿梓用力抿了抿嘴唇，从牛仔裤的口袋里取出了一个卡套。她打开叠起来的卡套，把拉链拉开，从里面拿出一张对折起来的照片。

阿梓把照片摊开，举在众人面前。那一刻，房间里的空气仿佛震动了一下。

"这是……"七海香惊讶地说。

"这是那天晚上拍的照片。芝本老师见我不肯去医院，就跟我说，最好留下被殴打的证据，以后或许会有用的。"

阿梓边支支吾吾地说，边看了眼照片。照片上是她自己，眼睛附近有明显的瘀青，嘴唇裂开了渗着血，表情看上去很痛苦。她当时坐在汽车副驾驶的位置，身后是一个加油站，加油站的价格表上有个电子表，上面显示的日期和时间是"9月18日1:22"。

"照片上的加油站是在我居住的月岛那一带。从那里开车去田所医院最起码要三十分钟，事件发生的时候芝本老师确实不在现场。"

"这照片又不一定是芝本拍的。"樱庭提出了质疑。

阿梓说："请看这里。"说着指向照片上的车窗。

车窗上反射着闪光灯的光芒,同时可以大致看到车的内部。从车窗的影子能看到一个男人的样子,他摆着一副严肃的神情,手上拿着手机。

"樱庭小姐,你能看得出这是谁吗?"

"是芝本啦!"樱庭咬着牙齿,声音几乎是从她牙缝间蹦出来的。

"啊?那真的不是芝本杀了电影导演?这张照片该不是电脑合成的吧?"

小早川仔细看着照片,阿梓把照片递给了他。

"我为什么要拿着伪造的照片到处走呢?这是真的。之所以要把它带在身边,是因为……我不想忘记自己所犯的罪。"

"犯罪?这是什么意思?对了,既然你有这张照片,为什么不把它公开呢?这么一来就没有人会怀疑芝本是凶手了。不对,就算没有照片,只要你为芝本做证,他被当成杀人犯的情势也大不一样了。"月村的语气里带着一点责备的意思。

"芝本老师阻止了我。"

"芝本阻止了你?"月村惊讶地重复道。

"是的。那时候杂志刊登了芝本老师的事情,引起了很大轰动,我就说,要给芝本老师做证,把这张照片公开，这样他就有不在场证明了。可是芝本老师却说这样做不行……"阿梓回想起那个时候芝本温柔的眼神，她咬了咬嘴唇。

"为什么芝本要阻止你呢？明明可以靠这个解除他的嫌疑啊。"

"他是为了我。"阿梓从喉咙深处说道，"我被丈夫殴打后就提出了离婚申请，可是丈夫死活不肯接受。既然协议离婚不行，于是就只能上法庭了。诉讼进行了挺长的一段时间，但法庭搜集到越来越多的家暴证据，最终还是我这边胜诉了。可是……"

"如果被人知道事件当晚你跟芝本见了面的话，或许会对裁决不利。"

月村把话接了下去，阿梓无力地点了点头。

"是这样的。我跟芝本老师确实是柏拉图式的关系，可是当天夜里确实是私会了。如果让我的丈夫知道这件事，他肯定会对我大加指责，让判决向对他有利的方向倾斜。芝本老师正是因为担心这件事，所以让我对当天晚上的事情闭口不提。而我也……照他所说的做了。"

一股强烈的悔意充斥着阿梓的内心。

"即使芝本老师这么说了，我本来也应该给他做证的！我这么做，实际上就是为了自己而抛弃了芝本老师。跟丈夫正式离婚后，我本来想马上公布当天晚上的事情的。可是还没等到那时候，芝本老师就已经……"阿梓的话说不下去，她用手掩着自己的眼睛。

"你刚刚一直没有对我们说这件事情，也是因为羞于让我们知道吧？"月村的语气里已经没有了责备的意思。

阿梓哽咽着用力点了点头。

"原来杀害电影导演的不是芝本啊……那我们不就回到原地了？"小早川不耐烦地说。

"并不是回到原地。最起码我们知道凶手不是芝本老师，这已经是很大的进步了。"

七海香合起双手，似乎要把沉重的空气搅动起来一样。然而她说话的语气却略微有点颤抖，大概是因为越来越接近限定时间，她的神经都紧绷起来了。

"仓田小姐，"月村对阿梓说，"当天晚上你跟芝本见过面，当时芝本有跟其他人联系吗？"

"联系？"

"对。当天晚上，挟间洋之助是因为有人联系他，他才去了田所医院。如果是芝本叫挟间去的话，在你向芝本求助，他从医院里出来陪你的话，当然要跟挟间说一声才对吧？"

"嗯，确实是这样……"

"既然挟间确实去了田所医院，那么大概是芝本接到你的电话之后，因为匆忙赶来看你，所以忘记了跟挟间说取消见面。如果是这样的话，芝本见到你之后冷静下来，应该要联系挟间才对，或者挟间到了田所医院之后也会联系芝本吧？"

月村的话确实有道理。阿梓拼命地搜索一年前那个夜晚的记忆。好在当天晚上的事情恍如昨夜一般。那天晚上阿梓被丈夫殴打，之后向自己深爱的男子求助，这些事情都深深地刻在了脑海之中。

对的。当时我哭得很厉害，芝本老师安慰我的时候，确实有人给他打电话，他当时皱了皱眉头，露出了"糟糕"的表情，然后叫我先等等，就接了电话。当时他究竟说了什么呢？……

阿梓闭上双眼，拼命地搜索着脑海中的记忆。渐渐地，眼前浮现出当天晚上，一只手拿着手机接听，另一只手掩着嘴巴小声说话的芝本的样子。

"是院长办公室！"阿梓张开眼睛大声说道，"那天晚上芝本老师确实打电话了。他向对方道歉了，然后叫他'在院长办公室等我'。"

"院长办公室应该就是这家医院的院长办公室了。这么说他肯定就是跟挟间打的电话。芝本还说了别的吗？"月村激动地问。

阿梓对他说："请稍等一下。"又开始努力搜索着记忆。

"好像是说……嗯，是文件！好像是说在院长办公室放了一些文件，他让对方看那些文件。"

"文件？什么文件？"

"这我就不知道了。他打完电话，我问他：'那么晚还要工作吗？'他说：'有一些重要的文件，要让相关的人看。'"

"要深夜把对方叫出来让他看文件……"

月村交叉双臂思考，小早川抓了抓后脑勺。

"挟间是跟芝本一起设计游乐项目的人，让他看的文件，要我猜的话大概就是设计图啊、预算报表之类的东西吧？"

"如果是那种东西的话没有必要在晚上叫他出来。再说了，挟间在那时候就坠楼而死，这么看来，那些文件或许还跟事件有关联。"

"这些文件是不是放在院长办公室的隐蔽保险箱里的呢？"七海香突然说道。

阿梓"啊"了一声，不停地眨着眼睛。

"啊，就是几年前，这家医院里有凶徒闯入，杀害了三名职员的那次事件。我在杂志上读过那次事件的相关报道，上面说，这家医院的院长办公室里有隐蔽的保险箱，里面放了很多钱。所以我在想，或许芝本老师就是把文件放到了那个保险箱里吧。"

"也就是说，芝本把藏保险箱的地方告诉了挟间，让他从里面找出文件来看吗？"月村摸了摸下巴。

"你们有完没完！"樱庭突然喊道，"为什么要在那些不知有什么用的文件上浪费时间！既然芝本不是凶手，那就应该想谁是凶手啊。按我说的话，事情就是像警察最初说的，电影导演因为身体不舒服，走到窗边想要呕吐，之后就失去平衡从院长办公室窗户掉下去了。"

"当然，这种可能性也是要考虑的……"月村把手抬到胸前，做出要樱庭冷静的姿势。

"明明除此以外没别的可能性了。就是电影导演在医院最高一层的窗户不小心坠落了，纯粹就是意外！"樱庭望着天花板。

"听到我说的话了吗？这就是一场意外事故，这就是九月十八日的真相。这就是我们的答案了，快把我们放出去！"

樱庭大声叫道。她嗓子都哑了，用期待的目光看着计时器。可是计时器的倒计时并没有停止。"到底为什么？！"樱庭生气地跺脚，月村等人连忙去安慰她，阿梓却呆住了。

难道事情的真相居然是……阿梓僵硬地站在原地拼命思考。她回想起自从被监禁在这里以来发生的事情，越来越确定自己的想法没有错误。

阿梓吞了吞口水，湿润一下干燥的口腔，然后向前迈了一步。

"樱庭小姐。"她声音都沙哑了。

"怎么啦？"樱庭向她看来，眼睛布满了血丝。

"樱庭小姐确实是第一次来这家医院没错吧？以前芝本老师有没有带你来过这里？"

"我刚刚不是说了吗？我最讨厌那个人做的这些无聊的游戏了，怎么可能会来这种地方？"

"那芝本老师有没有跟你谈过这家医院？比如说构造啊、机关啊之类的。"

"你这个人可真烦！关于这家医院的事情，我从来没有听他说过。"樱庭很不耐烦地回答。

同时,阿梓把手放在胸前,掌心感受到自己的心跳,她直视着樱庭的双眼。

"你是在撒谎吧?"

"啊?你到底想说什么?"樱庭狠狠地盯着阿梓。

"你如果真的从来没来过这家医院,又没从芝本老师口中听说过这里的构造的话,那你是怎么知道挟间导演是从最上层的窗户坠落的呢?"

"嗯?因为,挟间去了院长办公室嘛,然后就是在那里掉下去的……"樱庭的语气夹杂着不安。

"为什么你知道院长办公室是在最高一层呢?而且我们根本就不知道这家医院一共有多少层。四楼以上的楼层都被锁上了,上不去。"

樱庭瞪大双眼,她的眼眶涂着绿色的眼影。

"这个……我是刚刚从这里贴着的杂志文章……"樱庭颤动着用手指指着墙壁。

阿梓继续质问道:"是从哪里看到的呢?到底哪里写了挟间导演是从最高一层坠落的呢?"

听阿梓这么说,樱庭跑到墙壁跟前,用布满血丝的眼睛盯着杂志文章看。过了好几十秒,阿梓走到樱庭背后,她把脸凑近樱庭的肩膀,小声说道:

"说起来,刚刚我们发现上五楼的楼梯被铁栅栏挡住的时候,你是这么说的:'现在上不了院长办公室了。'你是因为知道院长办公室在五楼所以才这么说的吧?"

"不,不是这样的!那是因为……平面图上面是这么说的。一楼不是有医院的平面图吗?大家都看见了吧,那里就写着五楼是院长办公室……"

"上面没有这么写。"阿梓用低沉的语气打断了樱庭,"大概是因为樱庭小姐刚刚没有注意看,所以不记得了。平面图只画了下面四层的构造。这也是理所当然的,因为那张平面图是给病人看的,没必要把院长办公室也画在上面。"

樱庭半张着嘴看着月村。月村说:"确实是仓田小姐说的那样。"边说边用力点了点头。

"你说这座建筑物一共有五层,最高一层里有院长办公室,这是因为你以前来过这里。是这样吧?"

樱庭微微摇了摇头,阿梓没理会她继续说道:"你知道去不了院长办公室的时候表现得很不高兴,这是因为知道办公室里有隐蔽的保险箱吧?你觉得保险箱里可能藏着逃脱这里的线索,所以才觉得上不去很可惜吧?"

樱庭嘴唇发抖，已经说不出反驳的话来。阿梓舔了舔嘴唇继续说道："我是这么认为的。芝本老师请了私家侦探，想要调查你跟小早川先生出轨的事情。院长办公室的保险箱里藏着的文件大概就是出轨的证据了。当时你通过某种方式得知芝本老师手上有你们出轨的证据，于是就有了销毁证据的念头。"

阿梓把自己的想法一口气说了出来。她觉得大脑的细胞一下子被激活了，当天晚上发生的事情好像一件一件浮现在眼前。

"九月十八日零点左右，你来到田所医院，这时候芝本老师被我叫了出去，你觉得这是好机会，于是就潜入了田所医院，来到芝本老师过夜的院长办公室搜索。这时候被芝本老师叫来的挟间导演刚好到，跟你撞个正着。你跟喝醉的挟间导演起了肢体冲突，最终把他从窗户推了出去，他就坠楼死了。事件就是这么发生的吧？"阿梓的额头几乎要碰上樱庭。

樱庭微微张开嘴唇："不，不是的……"她的声音已经非常微弱。

"到底哪里不对了！"阿梓沙哑地叫道。

樱庭像是求助一般看向周围，她的视线落在

了满脸惊讶表情的小早川身上。樱庭马上走近了小早川。

"当天夜里我可是一直跟这个人在一起的!是这样的吧?"

樱庭恳切地望着小早川,小早川脸上的肌肉开始慢慢颤动起来。

"小早川先生,到底是怎么回事?当天晚上你真的是跟樱庭小姐一直在一起吗?"月村的头向前倾,眼睛盯着小早川看。

"我那天晚上……"小早川小声地说,低头看了看恋人。

"小早川先生!"

阿梓尖锐的声音似乎穿透了小早川一样,他露出了害怕的表情。

"请想清楚再回答,你的回答关系着这里所有人的性命。"

小早川的脸抖动得更加厉害了,阿梓闭着口等待他的回答。他的脸上满是犹豫不定的表情,闭起了眼睛。

谁也没有说话,大家都在看着小早川。这时候传到阿梓耳朵鼓膜上的声音就只有隔壁房间心电监护仪规律的响声。

小早川终于抬起头来,他长长舒了一口气,似乎把心底里堆积的尘埃都吐了出来。

"那天晚上……我没有跟和子在一起。"

5

"什么？！"

樱庭发出一声惨叫，双手抓住小早川的衬衫。小早川抿了抿嘴，轻轻耸了耸肩。

"这不是没办法吗？正如仓田小姐所说的，现在可是关乎所有人的性命。确实是当天晚上和子说好了要来我家，可是到了傍晚她忽然发来一条短信，说'今晚有事不能来了'，所以我那晚是自己一个人在家的。"

樱庭松开抓住小早川衬衫的手，无力地垂了下来。小早川露出松了一口气的表情继续往下说："而且，给那边躺着的祖父江提供情报也是和子提议的。"小早川指了指躺在隔壁手术台上的男子。

"事件发生后没多久,和子跟我说,如果能给媒体爆料的话,大概就能很快跟芝本离婚,这样我们两个就能光明正大地在一起了。我觉得这个提议很有道理,于是就照做了。"

"所以说,刚刚你轻易就承认自己是'爆料人'……"

听月村这么问,小早川点了点头。

"因为我想,如果这么做大家就不会怀疑和子了。最初醒来的时候我与和子假装互相不认识,也是和子的主意。虽然一开始不知道是怎么回事,但和子很快就意识到这里是田所医院,我们被监禁在这里大概也跟一年前的事件有关。"

小早川摆了摆手,表现出"要说的话已经说完了"的样子。他的表情有一种阴霾一扫而空的感觉。阿梓现在总算明白小早川跟樱庭之间的关系了。

一开始觉得好像是小早川处处压迫着樱庭,但事实上樱庭才是主导的一方。她利用自己的美貌支配着小早川,控制着小早川的行动,反而让旁人看不出他们的关系。

这时候,樱庭好像突然失去了意识一般倒下了,然而谁也没有伸手去扶。

阿梓蹲在樱庭身前,说了一句"樱庭小姐"。樱庭缓慢地抬起了头看着阿梓。可是她的双眼已经失去焦点,看着像是在眼窝里镶进了两个玻璃球一般。

"是你在院长办公室把挟间导演推下去的,没错吧?"

"呃,这个……"樱庭求助般看向小早川,然而小早川却毫不掩饰地避开了她的视线。

"樱庭小姐!"阿梓从喉咙深处喊了一声。

樱庭被吓得"啊"地叫了出来。

"请认真回答我的问题。这是关乎大家性命的事情。到底是不是你杀了电影导演?"

"我,我……"樱庭喘着气说,"我不是有心要杀他的。只是不小心推了一下,他就从窗边掉下去了……"

"所以说,我刚刚说得没错吧?"阿梓再一次问道。

樱庭微微摇了摇头。"不全是。有一些细节不一样……"

"那当时到底发生了什么?请你把真相告诉我们。我们现在依然是被监禁的状态。Clown 一定是希望你把九月十八日发生的事情全部说清楚才愿意放我们走的。请你快点告诉我们。"

在阿梓的追问下,樱庭回答道:"明……明白了。"她说话的声音有点颤抖。

"九月十七日晚上九点左右,芝本给我打了电话。我一开始还以为他是要回家才打给我。那时候芝本一直住在医院,他说如果要回家就会事先联系的。"

"但是他不是要回家对吧?"阿梓催促道。

"嗯,是的……芝本当时很严肃地说:'明天有东西要给你看。'我一听就吓了一跳,他肯定是已经拿到我们出轨的证据了。"

"所以你就去了田所医院吗?"阿梓确认道。

樱庭不安地点了点头。

"那时候我想,如果要把证据藏起来的话,大概就是放在他过夜的医院里……所以晚上十一点半左右我就到了医院,打算给他打电话,想办法把他骗去家里,然后就趁机进医院里找。这时候那个人自己开车出去了……现在回想起来,大概是你刚好把他叫出去了。"

"然后你就进医院里找了?"

"嗯,为了避免芝本回来时发现,我只用了手电筒查找。这家医院有一种让人很不舒服的感觉。因为五楼的院长办公室看起来是芝本过夜的地方,所以就认真搜索了一下,却什么都找不到。这时候突然听见有人上楼梯的脚步声,我就匆忙躲在了书桌下面。之后就看到有人走进了房间。"

"那就是挟间导演吧?"

"因为当时房间很暗看不清楚,我就以为是芝本回来了。只见那个人影蹲在房间的角落里,打开了隐藏的保险箱。那个保险箱真的是一般人不可能找得到的,完全跟地板融为一体了。"

"之后又发生了什么事情?"阿梓继续问道。

樱庭闭上眼睛。阿梓对她喊了一声"樱庭小姐!"樱庭的身体颤抖了一下,又继续开口说:"……他打开保险箱之后,就走到窗边开始向外面呕吐了。我当时打算趁机逃走,可是从书桌出来的时候,脚碰到椅子发出了声音。那个人听到声响就对我喊:'你是什么人!'然后就靠了过来。我当时很害怕,没有多想就把他推开了,结果他没有站稳,然后就从窗户……"

樱庭双手掩着脸,肩膀不断地颤抖。阿梓只是冷漠地俯视着她。

真的是像她说的那样吗?还是说樱庭以为那个

人影就是芝本，看到他在窗边呕吐的时候产生了可怕的念头？只要往他背上一推，芝本就会死去，而且看起来像是意外身亡，这么一来，芝本的遗产就全归樱庭了。

然后她就真的这么做了……

阿梓总觉得这才是真相。然而现在也无法证明了，毕竟现在更重要的是把事件的经过全部问出来。于是阿梓又继续问道："把他推下去之后，你有注意到那不是芝本老师吗？"

樱庭犹豫了一下，然后点了点头。

"然后你就从保险箱把出轨的证据拿走了，是吗？"

"不！那里面根本没有。"

"没有？"

"是的。最起码没有出轨的照片之类的东西。我当时很着急，所以也没有看得很清楚，可是里面的东西都是一些用荧光笔标注过的病历啊、住院记录啊，还有一些我看不明白的，像暗号一样的东西。"

"暗号？为什么要把这种东西放到保险箱里？"

"我怎么知道！"樱庭用力摇头，"我当时十分害怕，很快就逃离那里了。你一定要相信我，那真的是一场意外,要不是挟间突然向我逼近,也不会变成那样的。"樱庭的脸上泛起一丝笑意。

阿梓感到一阵恶心。

"你把挟间导演推下去之后,没有叫急救车而是逃离了现场。那时候要是马上急救的话,或许还能救活的。"

樱庭只是笑了笑。

"不仅如此,你还把假情报寄给祖父江,把芝本老师诬陷成杀人凶手,明明你自己才是真正的凶手……"

阿梓气得紧咬牙关,樱庭则低下头闭上了眼睛。

这么一来,前年九月十八日事件发生的经过总算弄明白了。阿梓望着天花板,竟然有一种空虚的感觉。这么一来真的能离开这里了吗? Clown 接下来还会有怎样的举动?

突然,房间里响起了响亮的笑声。阿梓下意识地转过头来,只见小丑人偶在地板上一边剧烈地抽搐,一边发出刺耳的笑声。它的四肢反复抽动,在地板上来回摩擦,看起来像是濒死的昆虫。阿梓不由自主地向后退,其余的众人也露出了恐怖的神情。跟小丑保持着距离。

过了一会儿，小丑终于停止了抽搐，笑声也停下了。

"刚刚到底是怎么回事……"月村颤抖着说。

这时候小丑人偶张开着的嘴巴突然伸出一条深红色的舌头来，阿梓吓得叫出声来。

那条舌头足足有三十厘米长，这时候落在仰卧着的小丑人偶的脸颊一旁。舌头末端稍稍卷起，里面有些东西反射着室内的灯光。阿梓睁大眼睛看着那个物体。

"是钥匙！舌头末端缠着钥匙！"

阿梓伸手指着小丑人偶舌头上的钥匙，小早川小碎步走近小丑人偶，小心翼翼地伸出手。

"可别突然动起来。"

小早川从舌头末端取下钥匙，然后迅速地从小丑身边走开。

"这是哪里的钥匙呢？"七海香走近小早川说。

"看它的形状，应该是手术室保险箱的钥匙吧，跟之前的有点像。"小早川盯着手中的钥匙。

"看来是因为我们按照指示找到了九月十八日的真相，所以对方给了我们这把钥匙。真是的，就不能用正常一点的方式给吗？恶趣味的家伙。"

"快去把保险箱打开,我们已经达到指示的要求了,里面肯定就是出口那道门的密码吧?"

在月村的催促下,阿梓等人来到隔壁的手术室。樱庭这时候无力地坐在地上,似乎魂魄已经被勾走一般。七海香对樱庭说:"我们到那边去。"樱庭强撑着身体,也向手术室走去了。

小早川蹲在保险箱跟前,拿出钥匙准备打开。阿梓站在他身后,视线投向身旁的樱庭。七海香扶樱庭坐在了房间角落的一把铁椅子上。

"打开了!"小早川兴奋地说。

阿梓先不管樱庭,看着小早川面前的保险箱。小早川郑重其事地慢慢打开左边的保险箱门,保险箱内部的物品出现在众人面前的一瞬间,房间里兴奋的气氛一下子冷却了——保险箱里有一把小钥匙。

"怎么又是钥匙!密码到底在哪里啊!"小早川抓了抓头发。

"等一下,里面好像写了字。"月村指着保险箱。

阿梓看了看保险箱的内部。正如月村所说,保险箱内部的一面写着一些字和之前也出现过的小丑画像。

失望了？

垂头丧气了？

那么，就那样子

去院长办公室寻找一下

——*Clown*

"去院长办公室寻找，也就是说这把是四楼上五楼的铁栅栏的钥匙了吧，但是'就那样子'是什么意思呢？"小早川从保险箱拿出钥匙撇着嘴说。

"这应该是说到院长办公室找隐藏的保险箱吧。刚刚不是说保险箱跟周围的地板完全融为一体了？这句话的意思应该是说保持垂头的样子，在院长办公室寻找保险箱。"

听到阿梓这么说，月村表情都僵硬了。

"还要继续游戏吗？"

"事到如今，只能按照指示做了。我们走吧。"

阿梓走向走廊的出口时，樱庭虚弱地说："请等一等。"

"怎么了？现在可没空照顾你。"阿梓冷冷地说。

樱庭抬起垂下的头,她脸部的表情松弛,好像在这十几分钟就已经老了十岁一样。

"我到底会怎样?离开这里之后我会怎样?"

"当然会被捕了。你不但杀害了挟间导演,还陷害了芝本老师。"阿梓不耐烦地说。

"我不是故意杀他的,那是一场意外。给祖父江爆料也是迫不得已……"

听到樱庭给自己找的借口,阿梓故意把视线挪开。现在可没时间听她说这些话。

"没问题的,和子。不要担心。"小早川走近樱庭温柔地说。

小早川把手放在樱庭肩膀上,樱庭抬起头,用空虚的眼神看着他。

"根本没有证据证明是你做的。你只不过是在被监禁的情况下神志不清,讲了些没有做过的事而已。到时候坚持这么说就没事了。"

"真的吗?"樱庭的脸上露出了一丝期待的神情。

樱庭跟小早川四目相对,阿梓看着他们的样子,不由得咬牙切齿。小早川好不容易才有了要摆脱樱庭控制的苗头,但看样子他对樱庭的念想是难以消除了。这到底是何种程度的情意绵绵呢?而且,刚刚小早川所说的话也并不仅仅是为了让樱庭安心而已，真实的情况就是那样。

事件发生在一年半前，而且已经当作是意外处理了。事到如今再要搜集证据应该是不可能了，所以樱庭大概根本不会因为杀害挟间而遭到起诉。

"小早川先生，我们时间不多了，你要是不上去的话就把钥匙给我吧！"月村催促小早川。

小早川回答说："现在马上去。"说着就从樱庭身边走开了，阿梓等人也走向了出口。

"仓田小姐，我也到上面去。"七海香跟了上来。

"嗯？七海香小姐，你不是要留意祖父江的状态吗？"

"如果要继续游戏的话，人手多一点总是好的。祖父江现在的状态很稳定，如果出现什么情况，樱庭小姐应该也能处理的。樱庭小姐，如果出了什么事的话请大声呼叫。"

听到七海香的话，樱庭没有看他们，只是轻轻点了点头。

确实是人多一点比较好。樱庭现在也不是动不了，让她留意患者的状态也是合理的。

"那我们走吧。"

听阿梓这么说,七海香爽快地回答:"好!"

于是,阿梓、月村、小早川和七海香四个人离开了手术室,通过走廊和前台,爬楼梯一直到了四楼。

"就是这把锁头对吧?"

小早川来到四楼楼梯间的铁栅栏前,他稍微喘着气,把钥匙插进了铁栅栏的锁头上。锁头发出轻轻的一声响之后打开了。小早川说了一句:"好。"于是打开了栅栏,随后走上了五楼,阿梓等人也紧跟在他身后。

来到五楼,正对着的是一条不太长的走廊。走廊右手边有一道门,门前写着"院长办公室"。走廊尽头是一扇看起来很坚固的铁门,门前写着"备用品仓库"。

阿梓等人来到走廊上,警戒地看着两侧向前移动。月村来到院长办公室跟前,慢慢地扭动门锁。一下沉重的响声过后,门打开了。

"门似乎没有上锁。"

"这边开不了,不过倒是没有焊死。"阿梓走近备用品仓库说道。

月村没有回答,直接走进了院长办公室。阿梓等人也跟了进去。

院长办公室是个十几平方米大的房间。里面放着豪华的书桌和沙发,边上还有一个书架,里面放满了医学书籍,家具表面都铺满了灰尘。房间的角落放了一张床垫,看起来比其他家具要寒酸一点,这应该就是芝本为了在这里过夜而带过来的吧。

月村这时候已经四肢趴在地上检查地面了,小早川与七海香也照他的动作做。阿梓用力摇了摇头,驱散脑海里对曾经深爱的男人的回忆,也跪在木地板上开始找。

阿梓等人都在寻找保险箱,沉默持续了好几分钟。虽然知道保险箱是在地板里,以为很容易就能找到,但似乎它隐藏得比想象中的要好。

"是不是应该让樱庭小姐也上来呢?她应该知道保险箱的位置的。"

就在阿梓提议的时候,有人喊:"找到了!"阿梓转过头来,原来是七海香找出了保险箱。

"找到了吗!"

月村迅速靠近七海香,把手伸向隐蔽的保险箱,匆忙把箱门打开,保险箱似乎没有锁上。

"里面是密码吗?"小早川也快步走向月村。

阿梓看着保险箱的内部,里面是一张纸,纸上写着几句话，画着小丑的画像。

　　　　辛苦了

　　　现在仔细找找

　　　　床的里面

——Clown

游戏还要继续啊？阿梓咬了咬下唇。

"开什么玩笑！居然还要继续吗？！该不会根本没打算让我们出去吧？！"

小早川用力踢向墙壁，一声沉重的声响在房间里回荡。

"果然 Clown 就是芝本。会让我们玩这种恶心的游戏的只有他了。芝本因为怨恨我们，想把我们全部都杀了。"

阿梓刚刚一直没有细想 Clown 的真实身份。难道他真的就是芝本老师吗？难道他真的还活着，指使眼角有伤的壮汉把我们召集在一起，要对我们复仇吗？阿梓顿时感到一阵头痛，伸手按住了头部。

樱庭和小早川把情报出卖给祖父江，月村开除了芝本老师。七海香具体做了什么，现在还不知道，但从篡改的麻醉记录表看来，大概也是做了些可疑的事情。而阿梓自己则是为了自身而抛弃了他……

大概这里的所有人都遭到芝本老师的怨恨。可是那个人怎么会做出这种事情……阿梓的脑海里混杂着各种矛盾的感觉，顿时感到一阵恶心。

"想这些悲观的事情也没有用。首先应该按照指示所说的做，除此以外也没有别的办法了。"

听月村这么说，小早川垂头丧气地回答："明白了。"

"有床的地方是三楼和四楼的病房，还有二楼的透析室，但是二楼的床一开始就找过了……"七海香皱起眉头说。

月村把手伸进保险箱，把写着指示的纸拿了出来。

"不对，指示是说'床的里面'，我们刚刚在二楼也没有往床垫里面找，所以二楼的也不能错过。"

"这样的话工作量不少。我们应该分头找才是。"
七海香环顾众人。

"我来负责四楼的病房。四楼床最多，仓田小姐也跟我一起找吧。月村先生去三楼、小早川先生去二楼可以吗？"

七海香迅速安排众人。

"这样不妥吧？三楼跟四楼的床数是一样的，我一个人的话是不是不够……"

月村提出异议，七海香看了他一眼说："我们搜索完四楼的床之后也会到三楼去的。当然，小早川先生搞定二楼之后也到三楼，这样就没问题了吧？现在真的没时间了。"

"嗯，行吧。当然没问题。"月村说着稍微转向身后。

"那大家开始吧。如果有什么发现的话，请大声喊出来。"

七海香完全控制着场面，她说完这句话打了个响指。阿梓等人迅速离开了院长办公室，向指定的场所出发。

"我就在这边的房间找，仓田小姐请到里边的病房。"刚到四楼，七海香就发出了指示。

阿梓按照她的指示从走廊最里面的房间开始找，这时候从远处传来一声似乎是金属碰撞的声音，大概是铁栅栏的响声吧。

阿梓来到床铺跟前，先把被子和床单拉下来，看看上面有没有异常，然后拉开床垫的拉链，一边往床垫内部看，一边用手搜索。这个动作似乎比想象的要费力得多，阿梓的额头很快渗出汗来。

阿梓搜索了第一个房间的四张床，都没有发现异常，于是走进了第二个房间，重复起同样的动作。

阿梓搜索到第三张床的时候，忽然抬起了头。她听见远处传来好像是什么东西破裂的声音，于是停下手来仔细听，却什么又都听不见。

"是我的错觉吧？"阿梓再次动起手来。

第二个房间的床也搜索完毕了，阿梓准备进入第三个房间的时候，再次听到了微弱的金属碰撞的声音。过了几秒后，阿梓听到有人叫："仓田小姐！"她匆忙走出房间，只见七海香站在走廊的一端，靠近楼梯的地方。

"有找到什么东西吗？"阿梓期待地问。

七海香表情严峻地摇了摇头。

"不是找到了东西，而是好像发生了什么。"

"发生了什么？"阿梓走到七海香身边。

"仓田小姐，刚刚好像是什么东西破裂的声音，你有听到吗？"

"啊?七海香小姐也听见了吗?我还以为自己听错了……难道是汽油桶?!"

"我觉得不是。如果是汽油桶的话浓烟早就冒上来了。而且是很小的响声,我一开始也以为是自己的错觉,但是总觉得有点不对,所以就走到走廊这边确认一下,之后就传来了人的声音。"

"人的声音?"

"嗯,应该是男人的声音,而且好像很着急的样子……"

阿梓走到楼梯附近,把注意力集中在双耳,她确实听到有声音。仔细一听好像是小早川的声音,而且声音里还有一种悲痛的感觉。

"七海香小姐,下面好像发生了什么。我们去看看吧。"

七海香在阿梓的提议下开始往楼下走。

"月村先生!你在这里吗?"来到三楼的时候阿梓大声叫道。

月村并没有从走廊两边的病房走出来。这时候小早川的声音又从楼下传来。

"还要再往下!"阿梓催促七海香,两人继续从楼梯往下走。

来到二楼的时候，阿梓叫道："小早川先生，你在哪里？"然而她的声音在二楼开阔的房间里回荡着，并没有人回应。

肯定发生了什么事情，而且是不好的事情。阿梓很确信自己的判断。

"是一楼。声音是从一楼传来的。"七海香说道。

阿梓点了点头，两人继续往楼下走。

两人刚到一楼的时候，在前台就听到令人为之动容的痛哭声。声音是从通往手术室的门里传来的。

阿梓绕过汽油桶所在的区域，打开门进入手术区。在长长的走廊尽头，手术室的门前，月村正站在那里，呆住了。

"月村先生，发生了什么吗？"阿梓等人向月村走近。

月村没有转过脸来，只是慢慢地举起手，指着手术室的内部。阿梓深深吸了一口气。

她实在难以相信自己看到的景象。

手术室的内部，小早川跪在地上，双手抱着樱庭。他发出呜咽的声音，脸上满是泪水和鼻涕。然而吸引阿梓目光的不是小早川的这副样子，而是他怀中的樱庭。

樱庭闭着双眼,好像睡着了一样。她身上的连衣裙染满了红色。

她身上满是血……

* * *

"那家伙什么都不懂!"

四月十九日白天,鲭户太郎用力踢飞了柏油路上的一颗石子。

"这么做很危险的,要是打伤路过的人怎么办?"

在他身旁说风凉话的是后进警官南云顺平。鲭户狠狠盯了他一眼。

"科长那种态度,难道你就不生气吗?"

"这也是没办法的啦,再说科长说的也有道理。"

"什么叫有道理?祖父江春云被绑架可是千真万确的!"

鲭户向道路一侧的砖墙吐了一口痰,回想起自己的上司警察科长的做法。

鲭户在前天得到科长的命令去祖父江春云的工作场所调查,之后他马上回到警察局,跟科长报告说"祖父江春云被绑架的可能性很高。希望向特殊事件搜查组请求援助，及时控制形势"，结果科长的回答竟然是"仅凭这些证据难以判断是被绑架。现阶段还是由你们两个继续搜查"。

"本来说要调查祖父江家里的就是科长吧？"

"其实局长就是因为亲戚求他，所以才做做样子让我们搜查吧？科长认为他肯定是跟小三外出旅游去了。"南云的口吻不太坚定。

"可是他真的是被绑架了！"

"证据就是地毯不见了而已嘛！如果接到了要求赎金的电话倒是另说，我倒是觉得仅凭这个就说他被绑架了，这也太跳跃了吧？"

"南云啊，我可是当了快二十年的警察了。"鲭户用低沉的语气说道。

南云放松的表情也变得紧张起来。

"我的直觉告诉我，那个房间里一定发生过严重的事件。"

"可是，仅凭直觉就要出动特殊班的话，确实是挺困难的吧。"

"这我当然知道。不过绑架事件如果没有抓紧最初的时间，受害者可能就没命了。现在我们必须抓紧时间找到祖父江被绑架的证据。"

鲭户说到这里停顿了一下，抓了抓后脑勺，又加了一句："如果祖父江现在还活着的话。"

"那么，现在应该尽快调查相关人士吧？"

听南云这么说，鲭户回答了一句："嗯。"说着点了点头。

自从前天申请向警察厅请求援助被否决后，鲭户和南云就调查了与祖父江春云有关的各种线索，尤其是可能对他怀恨在心的人。他们的结论是，祖父江确实写过很多接近于诽谤中伤的文章，也经常贬低各种名人，但几乎都没导致什么严重的后果。

祖父江写的文章大多没有充分证据，而且很少刊登在一流杂志上，基本上都只能在混杂着各种都市传说的三流杂志投稿。这些杂志可信度很低，读者本来也没把上面写的事情当真，那些被诽谤的人也多数把这些文章看作是出名的代价，不怎么提出异议。唯一的例外就是那一次"知名电影导演坠楼事件"了。

祖父江在一篇文章里提出医生芝本大辉是杀害挟间洋之助的凶手，这篇文章在整个日本引起了轰动。后来祖父江还出版了好几本纪实书籍，从中获得的版税，以及前后加起来的收入，据说超过了一亿日元。后来芝本大辉曾屡次向祖父江提出抗议，最终却是自己丢了性命。

祖父江要是卷入了什么事件的话，多半是与芝本大辉相关。鲭户坚信这一点，因此，他昨天对芝本进行了彻底调查。所幸的是，去年调布警察局的刑事科曾针对此次事件进行重新搜查，调查了与芝本有关的人。虽然针对芝本死亡的调查已经结束了，但是鲭户去了调布警察局一趟，阅读了那里的材料，跟负责此事的警官了解了情况，获得了许多情报。

芝本本来是结了婚的，但是在电影导演死亡事件发生的两个月后离了婚。父母在芝本上高中的时候就离婚了，母亲几年前已经去世，父亲在离婚后带着比芝本小两岁的妹妹移居加拿大；去年回了国，现在住在国分寺的一处公寓里。

鲭户的直觉告诉他，芝本的父亲最为可疑。于是他首先去的地方就是芝本的父亲——浮间辉也的公寓。

"话说，芝本的父亲确实很可疑。他明明在加拿大居住了十几年了，儿子自杀的三个月后却突然回到日本来。"

南云一边确认着手机上的地图一边说："啊，在这里右转就到了。"说着指了一下十字路口。

"不过不知道这个浮间现在在不在家里。"

听南云这么说，鲭户看了看手表。现在差不多是正午。下午还要去找芝本的前妻、前同事还有认识祖父江的人，所以他们很早就过来了。

"谁知道呢。不过那家伙也六十多岁了吧，很可能已经不工作了。平时日间待在家里也不奇怪。"

鲭户从西装口袋取出一张照片查看。照片上是一个戴着太阳镜的高大壮实的男人，跟几个外国人在一起。男人的皮肤晒成了很深的颜色，头顶全是抢眼的白发，用发蜡弄得整整齐齐，啤酒肚把衬衫撑起来了。到这里来之前，南云在网上搜索浮间辉也的名字，找到了这张照片，好像是和加拿大的同事一起拍的。但是照片有点模糊，而且照片上的人戴着太阳镜，看不清他的样子。

鲭户把照片放回口袋里。他们在十字路口右转之后，左手边看见一栋老旧的公寓楼。南云指着公寓，说："就是在这里的103室。"

"这公寓看来建了挺久的了。"

鲭户走进公寓大门，大步走向103室的门前，毫不犹豫地按下电子门铃的按钮。电子门铃响起了轻微的电子音。过了十几秒,对讲机传出了一个低沉的声音:"请问是哪位?"

"我们是警察,请问能问您几个问题吗?"鲭户大声说。

又过了十几秒的沉默,房门发出"吱呀"一声打开了,从里面走出一个看起来刚进入老年的男人。

这家伙就是浮间辉也吗……鲭户迅速观察身前的男人。他的脸满是皱纹,头发稍微有点稀薄,但因为身材高大强壮,看起来也不算很老。他看鲭户的目光非常锐利,看起来不像是靠退休金过舒适日子的人。

"警察找我有什么事吗?"

"您是浮间辉也先生,芝本大辉的父亲对吧?"

听到鲭户这么问,男子有点惊讶地眯起眼睛。

"大辉?那家伙去年已经死了。"

"嗯,这个我们知道。其实我们来是因为祖父江春云失踪了,不知道您会不会知道些什么。"

鲭户居然单刀直入地说出了祖父江春云的名字,连身旁的南云也吓了一跳。鲭户却毫不介意,继续观察着眼前的男人。

"祖父?……那是什么人呢?"男子歪着头问。

他的表情毫无波澜，不知道是因为很沉得住气，还是因为真的不认识祖父江。连当了多年警察的鲭户一时也难以判断。

"是一个记者。就是他说您儿子是杀人凶手，最终逼得他自杀的。"

"哦，是有听说过这件事。"男子抓了抓后脑勺，露出不耐烦的表情。

"您好像不太感兴趣呢,那不是您的亲儿子吗？"

"虽说是儿子,但我跟他已经十五年没见过面了；而且他很讨厌我这个父亲，总之已经跟陌生人没什么区别了。"

"这么说来，他自杀这件事您是没有任何想法了？"

"也不是说完全没有啦……"

"这样啊！说起来，您是为什么要回日本的呢？您不是长年住在加拿大的吗？"鲭户话锋一转。

"我是在那边工作的，现在已经退休了。人老了还是想要在故乡安享晚年的。"

"原来如此。能顺便问一下您的工作是什么吗？"

"电气工程学的研究员。"

"这样子啊！说起来，您女儿有在这边吗？"

"你们还调查得真仔细。女儿留在了加拿大,她在那边工作。"

"这样子。您女儿的工作是?"鲭户把头往前倾,眼睛朝上看着眼前的男子。

"医生……是外科医生。她的母亲,也就是我的前妻以前是外科医生,大概是从小就受到影响吧。"

"外科医生啊!好像您的儿子也是外科医生呢?"

"嗯,是这样的。请问……您问得差不多了吧?我这边还有要忙的事情。"

在那一瞬间,鲭户有一种想要继续发问的感觉,但他在开口前又止住了念头。

"哦哦,是我们冒犯了。谢谢您的合作。"

鲭户还没回答完,对方就用力把门关上了。鲭户苦笑了一下,马上就转身而去了。毕竟之后还要找很多人问话。

"这人真是冷漠。明明是自己的儿子死了却漠不关心的。难道真的是因为十五年没见就跟陌生人一样了吗?"南云跟上鲭户说,鲭户噘起厚厚的嘴唇。

"南云,你有孩子吗?"

"你说的这是什么话?我还没结婚呢!"

"所以你就不知道了。我是有两个儿子的,最近他们正是叛逆期,见了我都不打招呼的。"

"那又怎样了呢?"

"自己的孩子,无论长到多大,无论离得多远,永远都是自己的孩子。他们是比自己的命还重要的。世上不可能有人孩子死了自己还能若无其事。"

"嗯,那就是说……"南云转过头来看着公寓楼。

"嗯,很可能那家伙与祖父江被绑架的事情有关。所以刚刚我才草草结束了对话,以免引起他的警觉。可恶,如果我们人手再多一点的话,就能派两三个人跟踪他了。"

"这也是没办法的啦!日野警察局那边的特别搜查组把人手都抽调过去了,现在我们科可是捉襟见肘的。不过说起来,这个浮间辉也身上好像有一种独特的气场一样。"

南云用手指按了一下左眼的下方。

"尤其是眼角的伤痕,有一种威慑的力量。"

第三章

红莲医院

1

阿梓摇摇晃晃地走进手术室,靠近把樱庭抱在怀里的小早川,伸手捂住了嘴。樱庭的连衣裙在胸口处的位置出现了三个小孔,再看看她的脸,刘海覆盖着的额头上也有……

是被枪击了吗?阿梓想起她在四楼听见的破裂声,那难道是枪声吗?可是谁下的手?阿梓的头脑一片混乱。

"小早川……先生……"阿梓胆怯地说。

突然小早川猛地一回头,只见他满眼通红,眼神里充满杀气。阿梓觉得身体无法动弹。

"是谁?是谁把和子……"小早川的声音似乎是从地底发出的一般,他抱着樱庭的尸体慢慢地站了起来。

"小早川先生,请你冷静一下。"月村走近他说。

"冷静?和子可是被杀害了!到底是谁杀了和子!"

"就算是为了弄清楚凶手你也应该先冷静下来。或许 Clown 此刻就在这所医院里啊!"

"Clown?……"小早川的声音里满是疑惑。

"对,这样一想才说得通吧。刚刚樱庭小姐说她杀了电影导演,还陷害了芝本,然后 Clown 就启动了小丑人偶,把我们骗到楼上去了。那绝对就是为了让我们分散行动而设置的陷阱。然后樱庭小姐独自一人,凶手就把她杀害了。这一定是为了给芝本复仇。"

"到底 Clown 是谁?是芝本,还是眼角有伤痕的男人?"小早川狂叫道。

"现在还不知道,但是问题不在那儿。问题是拿着枪的人现在应该还在医院里。"

听到月村这么说,阿梓的呼吸混乱了起来。之前只是在意时间限制,以为 Clown 并不在医院里,而是在远处的地方监视医院的情况。可是现在的情况完全不一样了,甚至自己随时都有被袭击的可能。

"在医院里？那到底在什么地方？我们可是把这里的每个角落都找遍了！"小早川唾沫横飞地喊道。

"会不会是在……备用品仓库呢？"阿梓提心吊胆地说，"五楼的备用品仓库锁上了进不去，或许犯人就在里面……"

小早川思考了片刻，用力摇了摇头。

"如果要从五楼去一楼袭击和子的话，中间要经过二、三、四楼，要完全不让我们察觉，之后还要回到五楼，这根本不可能！而且我可是一听到枪声就马上下一楼了。"

"或许有这个可能。凶手行凶之后躲到前台那边，等我们都进入了手术室之后才回到五楼。"

"也可能是从别的入口进来的。如果是 Clown 做的话，他肯定能打开密码锁的。"月村接着阿梓的话说。

小早川满脸的愤怒，看着阿梓、月村，还有呆站在门口附近的七海香。

"还有别的可能性……或许你们之中的某人就是 Clown。"

"我们之中？"月村惊讶地说。

小早川用犀利的眼神看着他。

"当然了。犯人假装成被害者的一员,然后逐一杀掉其他人。小说里不是经常有这种桥段吗?"

小早川用低沉的声音继续说:"这里布满了各种精巧的机关。我们为了能够活下去,把这些谜题逐一解开,结果现在弄明白了九月十八日发生的事情。可是,如果我们刚刚在某一步卡住了怎么办呢?如果手术室里的保险箱一个也没能打开呢?这样的话Clown 也达不到目的吧?那 Clown 怎么去防止这种情况发生呢?答案很简单,只要混入我们当中,在出现问题的时候引导我们就可以了。"

小早川说完这句话,视线落在了阿梓身上。

"这么一想,你是最可疑的。"

"为什么是我?"阿梓反问道。

"你从一开始衣襟里的提示就解开了很多个谜题。而且你不是本来就是这种密室逃脱游戏的粉丝吗?或许你本来就有参与这个游戏的设计吧?到底是不是你杀了和子?"小早川抱着樱庭向前迈了一步。

"我没有!我为什么要做那种事情?"

"你之前是芝本的恋人吧?所以你要为芝本报仇,这是很充分的动机了。"小早川又走近了一步。

"樱庭小姐被杀的时候我可是在四楼的,之后再跟七海香小姐会合一起下来。"

"你可以下一楼杀害了和子之后再回四楼去。"

"这怎么可能?你在听到枪声之后就马上赶到一楼了对吧?如果我真的是凶手,那岂不是在楼梯上就跟你碰面了吗?"

"你可以藏在前台,等我和月村先生下来之后再回四楼去。"小早川咬牙切齿地说。

七海香插嘴道:"不,那不可能。"

"听到枪声的时候,我就马上往走廊走,来到楼梯跟前了。之后我就停留在那里,然后听到了小早川先生你的叫声,之后才把仓田小姐叫出来的。仓田小姐又是从最里面的房间出来的。"

"所以说,听到枪声的时候,仓田小姐肯定是在四楼对吧?"月村总结道。

七海香点了点头说:"是的。"

"我才不相信你们这些话!或许你们两个人也是凶手。不,很有可能除了我以外所有人都是凶手!"

小早川用布满血丝的眼睛瞪着阿梓。阿梓好像嘴巴被堵住一般说不出话来,只能拼命摇头。可是现在确实不能否认 Clown 可能就是这里的其中一人,而且可以肯定 Clown 现在就在医院里面。

到底射杀樱庭的是谁呢……阿梓转动眼球环视着房间里的数人。

首先七海香应该很难办到。月村在三楼，小早川在二楼，想要不惊动他们就来到一楼射杀樱庭，再回到四楼把我喊出来。虽说不是绝对不可能，但肯定是相当困难的。

之前在三楼的月村想要这么做难度比七海香低一点，但也绝对不简单。他下楼的时候或许会被小早川发现，在开枪之后、藏身之前也有可能被小早川发觉。

这么一想，能够杀害樱庭的人就只有一个了。阿梓把视线转向狂吼着的小早川。

小早川既然是在二楼搜索的，那他到一楼来射杀樱庭是没有难度的，作案之后只要把凶器藏起来，然后假装悲伤的样子就可以了。

可是这真的可能？小早川满脸都是绝望的表情，这难道是他装出来的吗？阿梓觉得不太可能。

"小早川先生，你还是先冷静一下，你看看现在已经没有时间了。"月村镇定地说，然后指着墙上的计时器。

计时器显示的数字是"1:28:56"。剩下的时间已经这么少了，阿梓感到一种令人窒息的氛围。

"确实一定要找出杀害樱庭小姐的凶手，给他相应的惩罚。可是现在我们没有时间找凶手，现在最重要的是活着从这里出去，之后再想办法抓到凶手。"

小早川脸上露出恶鬼一般的表情，但是他没有说话。

"等到了限定的时间，我们就会在这家医院里被烧死，而Clown却能逃出去。这种结果你能接受吗？"

月村反复劝说，小早川脸上开始出现一丝犹豫的神情。

"我要搜身。"过了十几秒的沉默，小早川终于开口说，"听到枪声之后，我马上赶到这里，没有耽误任何时间。然后没过多久你们就出现了，如果是你们中的某人干的话，一定没时间藏起手枪的，肯定现在还在身上。"

"只要让你搜身，你就能同意暂时不找凶手了对吧？"

听月村这么问，小早川满脸憎恶地点了点头。阿梓全身紧张起来。就算是在极端的情况下，被男人摸自己的身体还是很抗拒的。再看看身旁的七海香，她此刻也是一副为难的表情。

"那么两个女孩子互相检查，小早川先生可以检查我。这样没问题吧？"

月村觉察到阿梓和七海香的难处，于是提出了这种方案，然而小早川却摇了摇头。

"不行，她们或许是共犯，必须由我来搜身。"

这时候，七海香大步向前走到小早川身旁。

"要搜身对吧，那就快点搞定。"七海香用坚定的语气说，说着水平举起了双手。

小早川嘴唇稍微动了一下，把怀中抱着的樱庭轻轻地放在身旁的地板上，开始给七海香搜身。小早川的手摸到七海香胸部的时候，七海香的表情僵硬了下。小早川毫不客气地摸遍了七海香身体的每个角落，然后停下了双手。他的手上还残留着樱庭的血，七海香的衣服上也染上了许多血渍。

"这下你满足了吧？"七海香说道。

小早川没有回答，只是看着阿梓。阿梓咬着白齿，迈出沉重的脚步走向小早川，缓慢地平举双手。小早川依然没有说话，开始摸阿梓的身体。小早川大力捏她的身体，摸到大腿内侧的时候，阿梓感到一阵强烈的羞辱，似乎眼前的视野被染红了一样。

"你身上也没有嘛！"小早川淡淡地说道。

阿梓盯了他一眼，转身走开了。小早川又开始给月村搜身。

阿梓看看自己的身上，只见牛仔裤上也沾上了血。阿梓看着房间角落的那摊血，只见血液之中还混杂着黄色的液体，看起来似乎是脑浆。阿梓顿时觉得胃里一股暖流涌上喉咙。她用双手捂着嘴，拼命压抑着呕吐感。

"仓田小姐，这个拿去用吧。"

七海香从放麻醉用品的手推车上拿出酒精棉球递给阿梓。阿梓说了句"谢谢你"，接过了棉球，擦拭牛仔裤上的血渍。

月村的搜身也结束了，果然同样什么都找不到。小早川暴躁地抓着头。

"搜身已经结束了，这下没问题了吧？"月村舒了一口气说道。

阿梓却说："暂时还不行。"

"还没给小早川先生搜身。"

"你难道想说是我杀了和子？"小早川咧嘴说道。

"既然我们接受了搜身，那你当然也要确认过才行,难道说你有什么不接受搜身的理由吗?"

"你这家伙……"小早川握紧拳头向前走了一步。

然而阿梓毫不退让,她此刻依然能感觉到刚刚被摸的耻辱和愤怒。

"小早川先生,还是做一下搜身吧,只需要十秒而已。"

听月村这么说,小早川咬了咬牙,举平了双手。月村说了句"冒犯了",然后开始搜查小早川的身体。

"没有什么异常的地方。"月村的声音充满疲态。

"那么说,应该就是 Clown 拿着手枪,藏在医院的某个地方了。"七海香自言自语道。

小早川用力摇了摇头。"也不一定是那样。可能是在我赶过来的很短的时间内藏到某个地方了,比如就在这个房间里。"

"我们几个身上都没有枪。按照刚刚说好的那样,寻找凶手的事情以后再说,现在要专心想办法逃出这里。仓田小姐,现在应该怎么办?"

阿梓听见对方问自己,思考了数秒之后开了口:"我们已经按照指示查明了九月十八日的真相,却还没能逃出去,那肯定会有新的指示的,大概就在这附近。"

阿梓停顿了一下又说:"如果犯人想要把游戏继续下去的话。"

"如果犯人的目的是把我们全部杀死的话,他不应该只去杀害樱庭小姐一个的。只要引爆汽油桶,这里的所有人就都被烧死了。既然他没这么做,那肯定就是想要继续游戏。反正我们分成两组在附近搜索吧。我跟小早川先生一组好了。"

没有人对月村的方案提出异议。之所以要分成两组搜索,大家不说也能明白。这是因为月村也怀疑 Clown 就是他们中的一人。如果大家分散开来的话,凶手就能取回藏起来的手枪了。

"我们到诊疗室那边去吧。"月村对小早川说。

小早川垂着眼睑,伸手拿起器具台上的纱布,走向樱庭的尸体。他缓慢地跪在地上,充满爱意地摸了一下樱庭的脸,脸上满是忍痛的表情,把纱布盖在樱庭的脸上。

"走吧。"小早川充满力量地说,好像是在挣脱某些东西一样,说罢跟月村走向了诊疗室。

阿梓看着他们的背影远去,与七海香开始在手术室里搜索。首先是器具架,然后是麻醉用的手推车、麻醉机的下方，还有并排放的保险箱的后方。然而既没有发现手枪，也看不到犯人的指示。

"手枪有没有可能藏在保险箱里了呢？"阿梓看着两个打开的保险箱说。

"这个保险箱吗？"七海香指着还没打开的最后一个保险箱问。

"嗯，如果是 Clown 的话肯定有保险箱的钥匙。他可以在杀害樱庭小姐之后把枪藏在保险箱里，然后马上离开这个房间。"

"仓田小姐，你是说 Clown 就在我们之中吗？"

"嗯，啊不，我不是这个意思……"阿梓连忙摇手。

"可是如果 Clown 不是我们中的一员的话，那他就不需要把手枪藏起来了，一直拿着就好了嘛！"

七海香的话确实有道理，阿梓顿时说不出话来。

"还是继续找吧。现在还没找过的就是那里了。"七海香略显疲倦地指着男子躺着的手术台。

阿梓犹豫地点了点头。自己对检查那一处还是有点抵触的，不过还是硬着头皮开始搜索起来。

阿梓靠近手术台，双手卷起了蓝色的消毒垫，男子瘦削的身体上肋骨清晰可见。他从胸口一直到下腹部都贴着纱布，用来保护刚刚开腹手术的伤口。

白色的纱布还渗出血红色来。阿梓把视线从纱布移开，看到手术台上面有一块什么东西。她蹲下把那个物品捡起来，原来是一张名片大小的卡片。之前消毒垫盖着整个手术台，几乎要垂到地板上，所以卷起来之后才发现有这张卡片。

    恭喜完成任务！

     可是对不起

      游戏还

      没有结束

      让我哭泣

     找到藏起来的

     真正的指令吧！

——*Clown*

阿梓拉起消毒垫，站了起来。

"找到了！"

听到阿梓的声音，月村与小早川停住了脚步，从诊疗室回到手术室来，七海香也走到了阿梓身边。

"找到什么了？"月村一进门就问。

阿梓说："是这个。"说着把卡片递给了月村。

"让我哭泣？这是什么意思？"

"这张卡片上画着的小丑跟后门的小丑是一样的。大概是要到那边做些什么动作吧。"

阿梓一边回答，小早川一边用充满疑惑的眼神看着她。

"你……是怎么看出来的？"

"你想说我是 Clown 对吧？这种谜语，稍微一想就能猜出来了。"阿梓反驳道。

然而小早川脸上的疑惑并没有消减。

"没有时间了，总之先往后门去吧。"月村开口道。

小早川说："稍等一下。"说着走近樱庭的尸体，慎重地抱了起来。

"我不能把和子留在这儿，我把她抱到二楼床上躺着。"

"嗯……这样也好。"

月村表示同意，小早川没有说话，走向了走廊。阿梓等人也跟了上去。

"诊疗室里什么都找不到吗？"穿过走廊的时候

阿梓问道。

月村自嘲地动了动唇角。

"你是想问有没有手枪吗?什么都找不到!"

"这样子……"

在诊疗室和手术室里都没找到手枪。如果说有什么地方可以把枪藏起来的话,那就是还没打开的保险箱,或者是走廊,再或者是前台了。阿梓环视一下走廊,走廊上放着白板和可移动的胸片机,但没有能够藏东西的死角。阿梓把牛仔裤往上提了一下,蹲下来看胸片机的下方,然而那里并没有手枪。

难道 Clown 真的不是这里的一人,而是拿着手枪潜伏在医院的某处?

来到前台,小早川抱着樱庭直接走向了楼梯。手枪有可能藏在二楼,阿梓正准备叫住小早川,她还没开口,月村就伸出手来制止了她。

"让他一个人去吧。"

"可是……"

"我听见枪声之后,只过了两三分钟就来到了一楼。当时小早川先生已经在抱着樱庭小姐的遗体哭了,他不可能回到二楼去把枪藏起来的。"

对方完全看出了自己的想法,阿梓一下子说不出话来。

"我们先到后门去吧。"

月村和七海香走向了通往后门的走廊。阿梓犹豫了一下，也跟了上去。

"两个小丑确实是一样的呢！"

月村来到后门，拿着卡片对照着墙上的小丑看。两个小丑的画像确实都表现出完全一样的哭泣的表情。

阿梓用余光观察了一下后门。她之前放置的几根头发依然夹在门缝里，证明自从刚刚他们来到这里之后，门是一直没有开过的。最起码 Clown 没有通过这扇门出入医院。

"可是，'让我哭泣，找到藏起来的真正的指令'到底是什么意思呢？"

月村自言自语的同时，阿梓把手放在了额头上。

让他哭泣。既然要让他哭泣的话……阿梓走近墙壁，用手朝着画着小丑面部的墙面用力按了下去，然而什么都没有发生。她又用拳头打了一下小丑，但手部只是觉得很痛，也是没有半点反应。

"好像不是这样呢……"七海香用冰冷的口吻说，说着摸了摸小丑的图画。

阿梓边捂着手,边看看四周的物品。只见房间里放着鞋架、毛巾、扫帚、橡木板、计时器和装满水的水桶。这些物品莫非是什么暗示?

阿梓拼命思考,背后传来了脚步声。大家回头一看,只见小早川面无表情地走进了房间。

"小早川先生,你那边处理好了吗?"

小早川没有回答月村的问题,只是问了句:"这边什么情况?"阿梓摇了摇头,用目光指向了墙上的小丑,小早川向阿梓走了过来。

"怎,怎么了?"

小早川没有说话,他直接抓住了阿梓的手腕。

"你这里怎么了?"

阿梓说了句:"什么?"看看自己的手,原来小指一侧变黑了,不知道是什么时候弄脏的。

"啊,我也是……"七海香举起手来,手指头也是变黑了,"可能是刚刚摸墙上的小丑的时候……"

"摸小丑……"

小早川盯着墙上的小丑和字看了好几秒,然后拿起地板上的水桶,用力把水桶里的水泼向墙壁。水滴沾湿了阿梓的脸颊,阿梓完全被他惊呆了。

"你在做什么?请不要自暴自弃!"

"才不是什么自暴自弃,你自己看。"

小早川转过身去,用大拇指指着背后的墙壁。阿梓沿着他手指的方向看去,只见接近黑色的深绿色的水从小丑眼睛部位渗出,好像小丑在流黑色的眼泪一样。再仔细一看,墙壁上写着的文字的某些部分,还有墙上的油漆也开始融化。

"小丑的眼睛应该是用水性笔画上去的吧,所以淋水之后就化掉了。"

小早川在毛巾架子上取下毛巾,递向阿梓等人。

"只要把油漆擦掉,就能看到'真正的指令'了吧?"

阿梓双手接过毛巾,看了一下墙壁。正如小早川说的那样,化掉的灰色油漆之下确实露出类似文字的东西来。

阿梓等人走向墙边,用力擦拭墙壁。油漆已经被水化得很厉害,颜色很快脱落了。之前用液晶字体写的"0918"四个数字的一些笔画消失了。

阿梓一边让毛巾吸收地板上的水,一边拼命摆动手臂。这时候油漆下的文字逐渐显现,阿梓的动作变得迟缓下来。

"这是……"月村一边看着眼前的文字,一边自言自语起来。

寻找 0419 的真相

到底是谁杀害了芝本大辉

这样才能

把门打开

说谎的小丑

会受到恶魔的惩罚

——Clown

阿梓手中的毛巾滑落在地,发出了一声声响。

2

"杀害……芝本大辉？……"小早川半张着嘴看着墙壁。

"这是怎么回事？芝本不是自杀的吗？"

"但是，这里的'杀害'到底指的是……"七海香举起手指着令人恐惧的文字，她的手指在颤抖。

"'0419'是什么意思？如果指的是四月十九日的话，那不刚好就是今天……"月村看着手表说道。

"那是忌日。"阿梓自言自语道。

月村向她问了一句："啊？"

"那是芝本老师的忌日。去年四月十九日晚上十点，正是在去年的今天，芝本老师开着车坠落大海而亡！"

刚刚得知在场的所有人都跟芝本大辉有关的时候，阿梓已经注意到这点了。可是之前以为这只是偶然，所以一直没有说出来。看了眼前的文字，阿梓更加确认了自己的判断，还有犯人的目的。

"弄明白九月十八日的事件并不是 Clown 真正的目的！真正的目的是在忌日这天找到杀害芝本老师的人并为他报仇。Clown 制作这个游戏就是为了这个目的！所以还专门把芝本老师死亡的晚上十点设置成最后的限定时间！"

"仓田小姐，你冷静一下。芝本是自杀的，不是被别人杀害的。"月村把手放在阿梓背后。

"可是这里明确地写着'杀害芝本大辉'，Clown 肯定有芝本老师不是自杀的证据，所以才要大费周章做出那么多事情来！"

芝本或许是被杀的。这对阿梓来说冲击太大，她一下子连话都说不清楚，一句话停顿了好几次。

"都说了不是那样子的。警察已经说得很明白了，芝本是自杀的……"

"不，那可未必。"小早川打断了月村的话，"芝本坠落到海底深处，他的尸体打捞上来的时候已经过了两三天，尸身大概已经腐败得很严重了。这种情况下就算尸体上有伤痕也早就看不到了,比如说注射的痕迹,还有电击枪造成的烧伤之类的。"

"你是说先让他失去意识,然后让他跟汽车一起坠海吗?"

听七海香这么问,小早川不耐烦地回答:"我是说有这种可能性。"

"可是,杂志上说的是,在车上找到了威士忌的酒瓶,芝本的血液里也检查出酒精。在死亡一段时间后还能发现酒精,证明他喝了大量的酒。肯定是自杀前为了壮胆而喝的吧。"月村一口气说完。

"如果是想要让他失去意识的话,用鼻胃插管把酒直接注入胃部就可以了。对医疗从业者来说并不困难吧?"小早川煞有介事地停顿了一下,露出了嘲弄的笑容。

"也就是说,这里的所有人都有嫌疑。"

"这太牵强了,芝本是因为被诬陷说他杀害了电影导演,才顶不住压力自杀了,这就是真相。"月村声音都沙哑了。

小早川摸了摸鼻头说:"你从一开始就一直强调他是自杀的,莫非杀害他的凶手就是你?"

"开什么玩笑!这么说你也很可疑。你这是故意提出谋杀的说法，好让自己看起来不像凶手吧？"

"哈？你说什么？"

两个男人相互靠近盯着对方，这时候七海香站进了他们之间。

"请不要这样子！现在可不是争吵的时候，不马上想办法逃离这里，我们就要被烧死了！"

阿梓转眼看了看计时器的液晶显示屏。显示器上闪烁着"1:19:38"几个数字。这么下去的话，用不了一个半小时，这家医院就要化作一片火海了。

樱庭被杀这件事说明了前台附近的汽油桶绝对不仅仅是威胁而已，到了预定的时间，医院里的数人一定会被活活烧死的。"死亡"的感觉正在一步步向自己靠近，阿梓感到背后的汗水传来冰一样的阴冷感。

"啊，嗯，不好意思。那个……这里的'说谎的小丑会受到恶魔的惩罚'就是下一步的指示吧？"

月村望向阿梓。阿梓回答："我也觉得是这样。"

"小丑的画像在很多地方都有，但是'恶魔'指的是什么意思呢？听起来让人有种不祥的预感。"

月村双手抓着头，发出沙沙的声音。看来一直冷静的月村，在"死亡"接近的时刻也是焦躁难耐。

"这不是很简单嘛!"小早川不耐烦地说,说罢快步走出了房间。

"啊,小早川先生,你要去哪里?"月村问道。

然而小早川没有回答。

阿梓等人跟了上去。小早川回到了手术室,又走进了更里面的诊疗室。

"就是这玩意儿。"

小早川走近倒在地上的小丑人偶,轻轻踢了一下小丑人偶的头。

"这个小丑人偶怎么了吗?"月村有点惊讶地眯起眼睛。

"这还不知道吗?恶魔对撒谎的惩罚嘛!"

小早川蹲了下来,从小丑人偶的口中一手抓起了垂下来的长长的舌头。

"就是拔掉舌头嘛!小丑人偶里面有舌头的就只有它了。"

小早川想都没想,把舌头往外一拉。小丑人偶口中传出"咔嚓"的一声响,好像启动了某个按钮,舌头被小早川扯下来了。

"哎哟,好久不见。"

小丑人偶口中突然响起声音,而且是跟它丑恶的面容不相称的爽朗的声音。阿梓不由得"啊"地叫了出来。

"那个,我是大辉。哦不……啊,我对电话留言真的不是很熟悉。"

这是芝本大辉,也就是曾经深爱的人的声音。阿梓尽力抑制着内心澎湃的感情,认真听小丑人偶说的话。

"最近老是让你担心实在是不好意思。我最近有点事在忙。你现在还在工作吗?那个,今天是你的生日对吧。四月十九日。所以我就想打电话来祝你生日快乐。"

阿梓瞪大了眼睛。这一定是去年四月十九日,芝本去世那天录的音。

"待会儿可能还会打电话跟你再说一遍的,不过现在要去跟某人见面。现在是晚上八点过一点儿,可能要聊挺长时间,或许会到了第二天也不一定。不过也可能很快就聊完了,到时候时间刚刚好也不一定……"

芝本好像是在自言自语一样。阿梓不是很理解他的话,不自觉地皱起了眉头。

"上次也跟你讲过,我发现了很严重的事情。这半年来花了很多精力,还雇了侦探,都是为了调查这件事。现在好不容易把真相弄清楚了,现在我要去见值得信赖的人,跟他聊此后的对策。如果进展顺利的话,还有可能解决目前的状况。我之所以会落入现在的地步,可能就是因为得到了那份材料。"

芝本的录音似乎快要说到重点了,阿梓感到心脏跳动得越来越快。

"要是不见了就糟糕了,所以我把原件藏在了很隐秘的地方,那真是一个绝佳的地方。本来我是想作为游乐项目对外公开的……可惜了。"

芝本声音变得低沉。

"啊,说着说着跑题了,不好意思。反正就是,祝你生日快乐。嗯,我先挂电话了,晚点聊。"

录音停止了。然而在场的众人都没有开口说话,甚至都不敢呼吸了,紧张的空气充满了房间。

"刚刚那是芝本的声音吧?"小早川打破了沉默。

阿梓带着犹豫点了点头。

"嗯,应该是的,而且……好像是去年四月十九日,芝本老师去世那天的电话录音。"

"这是……真的吗?"月村用嫌恶的表情看着地上的小丑人偶。

"就算用声音合成的办法伪造又有什么意义？这肯定是真的，这就是芝本老师死前的录音！"阿梓叫喊道。

她激动得有点结巴。

"晚上八点，也就是说两个小时后芝本就连人带车坠落海中了。那，跟芝本见面的人到底是……"

"那个人就是杀害芝本老师的凶手了……"七海香接过小早川的话说。

"不是，你们这推论也太武断了。首先我觉得，刚刚那段录音似乎是电话录音，那么更重要的应该是弄清楚他是在给谁打的电话吧？很可能那个人就是 Clown。"

听到月村这么说，小早川脸颊动了一下。

"仓田小姐，你生日是哪天来着？"

"嗯？怎么了？"

"刚刚芝本的声音好像是在给很亲密的人说话，而且还祝对方生日快乐，对方一定是个女的，所以说你的嫌疑最大。"

"那不是我，我生日是在八月！"

"你有证据吗？"

阿梓从牛仔裤的口袋里拿出卡套，在卡套中取出一张保险卡递给小早川。小早川看了看上面出生年月日那一栏，然后说："行吧。"之后看向了七海香。

"你呢？"

"啊？为什么要问我？我跟芝本老师只是点头之交而已。"

"这只是你自己的说辞，说不定你跟他在偷偷约会呢？"

"没有这种事！好吧，既然你要看那就看好了。"

七海香从牛仔外套的口袋里拿出一个钱包，从钱包中取出一张驾照，递到小早川的面前。

"十月生的啊！"小早川不耐烦地说，"不过这也可能是假的吧。反正已经设了这么大一个局，伪造身份证明这种事也不奇怪吧。"

"你这根本就是欲加之罪好吧。再说了，比起怀疑谁是Clown，现在应该想想到底是谁杀害了芝本老师吧，不然的话汽油桶可就要爆炸了。"七海香一边生气地说，一边看着阿梓、小早川，还有月村的脸。

"刚刚的录音里，芝本老师说'要去见值得信赖的人'，很可能那个'值得信赖的人'就是杀害芝本老师的凶手。也就是说，凶手很可能就在你们几个中间。"

"你这是什么意思？！"阿梓激动地说。

"仓田小姐，你想想，你是芝本老师的女朋友对吧，而小早川先生是芝本老师的好朋友，月村先生则是芝本老师的上司。这么说你们都是'芝本老师值得信赖的人'。也正因如此，你们才会被绑架到这里来。这不是很说得通吗？"

七海香说的话确实有道理，阿梓一下子无话好说。

"这么说，你是不是凶手？"月村指着小早川说。

"哈？为什么要怀疑我？"

"芝本本来打算把重要的文件给凶手看，结果却被杀害了。也就是说，那些文件是对凶手很不利的。而且芝本还专门雇了侦探调查这件事。这么一想，或许那就是你跟樱庭小姐出轨的事情。你是不是被芝本质问出轨的事情，然后就把他杀了？"

"你脑子有病吧！如果他真的是跟妻子的出轨对象对质的话，还会说什么'值得信赖的人'吗？稍微用一下脑子就知道不对吧！"小早川撇了撇嘴。

"他可能只是自嘲而已，又或者他并不知道出轨的对象就是你。"月村这句话说得口齿不清。

小早川伸手指着他的鼻子。

"这么说的话,也可能是要跟你见面吧。比如说医院的贪污啊,隐瞒医疗事故啊这些。"

"胡说!退一万步说,就算医院里真有这种事,怎么会是院内的员工不清楚,外派的芝本反而会知道?"月村不断摇头,他看向了阿梓。

"你也很可疑。或许是在你离婚之前,芝本向你请求给他做证,你为了能够顺利离婚就让他闭嘴了。"

"你是说我杀了芝本老师吗?"阿梓盯着月村。

"对啊,很可能就是这样的。还有你,你也有嫌疑。"月村把矛头指向七海香。

"刚刚小早川先生也说了,你看起来好像跟芝本关系不深,但那不过是你自己声称的罢了。从你篡改麻醉记录看来,或许你跟他之间确实存在很特别的关系。"

"我都说了我没有篡改记录!"

月村说了句"谁知道呢",边说边摇头。房间里的众人彼此猜疑,空气好像凝结了一般。这时候计时器上显示的数字是"0:54:38"。

剩下的时间已经不足一小时了。焦躁不安的感觉像火烧一般向阿梓袭来。她把手放在额头上,拼命思考方才芝本说的话。其中一个词语充斥着脑海。

"原件!"

阿梓抬起头喊道。小早川问:"什么意思?"

"在刚刚的录音里,芝本老师说过'把原件藏在很隐秘的地方',而且还说了'本来打算作为游乐项目对外开放'。也就是说,他所说的文件的原件应该就藏在这座建筑物的某个地方吧。"

"就算真的是这样,那原件应该藏在哪里呢?"

"现在还不清楚,不过既然说本来打算公开,那应该会有提示才对……"

阿梓说到一半,月村忽然把食指放在嘴边,"嘘"了一声。

"怎么了?"七海香皱了皱眉头。

"你们听不到有声音吗?"

阿梓仔细听,确实有机器运作的声音传入了耳膜。

"这难道是,电梯的声音……"阿梓小声说道。

月村点了点头说:"应该是的。"

"可是,电梯离这里不是挺远的吗,怎么能听得到声音?而且电梯门不是全都焊死了?"小早川皱着眉说。

"不管怎么说,我们先出去看看吧。"

听月村这么说,阿梓等人一同离开了诊疗室,进入了手术室。

"稍等一下。"

来到手术室与前台之间的走廊的时候,阿梓叫住了众人。正在快步前进的月村等人止住了脚步。

"怎么了,仓田小姐?电梯应该在最里面……"

阿梓举起了食指,月村话说到一半咽了下去。阿梓的手指指向天花板,之后慢慢指向左边,那里是白板放置的地方。

"声音是从这里传出来的。"

"白板?"

"不是,应该是白板的里面。"

阿梓伸手把白板往一侧推开,白板背后露出了白色的墙壁,她把耳朵贴在墙上。墙的内部传来了很明显的机器运作的声音。

"就在这里,这里面有东西!"

"真的吗?!"

小早川伸手触摸墙壁,月村和七海香也照着做了。

"找到了!"小早川叫道。

众人向他的方向看去,只见墙壁的一部分打开了,里面有一个按钮。阿梓刚想让小早川先等等,他就已经按了下去。只听见机器的声音变得更响,阿梓前方的墙壁突然向左右开启，众人面前出现了一个走进去有三米深的空间。

"Clown 居然做到了这个地步？……"月村惊讶地说。

阿梓看着面前的空间，轻轻地摇了摇头。

"我觉得……应该不是 Clown 弄的。这家医院以前曾经被用作非法器官移植。我觉得这应该是用来把患者在不知情的情况下移动到手术室的电梯吧？这电梯也是装得进病床的大小。"

听阿梓这么说，小早川毫不犹豫地走进了电梯。

"小早川先生，先不要冲动，有可能……"

"有可能 Clown 就在上面对吧，也就是说 Clown 杀害了和子之后，在我赶到之前坐电梯逃走了。"小早川打断了阿梓的话。

"那就正好。这么一来就能找到 Clown，把他杀了。"

"你这说的是什么话！对方可是拿着枪的，这或许就是陷阱。这时候不是应该想清楚状况吗？"

"仓田小姐，我看不清楚状况的是你。这么下去我们马上就要被烤焦了。就算是陷阱，我们也只有往里面跳。"

阿梓一时想不出反驳的理由，月村也走上了电梯。

"小早川先生说的话有道理。与其再这么耗下去，还不如向前进发。就算对方有手枪，只要我们一起上去肯定能制伏他的。"

"可是……"阿梓看了看七海香。七海香露出了下定决心的表情，走进了电梯。

"仓田小姐，你打算怎样。是要在这里等下去，还是跟我们一起上去？"

月村按着电梯门要阿梓做出结论。阿梓咬紧牙关，还是迈出了脚步。与拿着枪的犯人对峙虽然可怕，可是在原地等死则更加可怕。

电梯的内部只有两个按键，分别画着向上和向下的箭头。小早川说了句："上去了。"便按下了画着上箭头的按钮。于是电梯门关闭，电梯向上运行了。

过了十秒钟左右，电梯停下来，电梯门慢慢地打开了。想象着一个戴着小丑面具的男子拿着枪站在门前的场景阿梓就不由得浑身发抖，然而门前却没有人影。

阿梓舒了一口气，她身旁的小早川警觉地走出了电梯，看了看门外两边的情况。

"这里没有人，放心吧。"

小早川招了招手，阿梓等人弯着腰依次走出了电梯。面前是一条短短的走廊，电梯正面有一道小门，沿着走廊向左走则有一道铁质的大门。

小早川吐了一口气，扭动了正面小门的门把，下一刻，他用力打开门，迅速走进了房间，月村也紧接着走了进去。阿梓和七海香没有动，留在了走廊里。

"里面没有人，进来吧。"过了大概三十秒，房间里传来了小早川的声音。

阿梓和七海香提心吊胆地走进了房间。这是个二十平方米左右的宽敞病房。虽然病房里的物品都积了灰尘，但可以看出有不少是高档用品。浴室、洗手间、沙发套装这些东西也应有尽有。

"这看起来是VIP病房。应该是接受非法器官移植的患者住院的地方吧。"月村边说着边摸了一下皮沙发。

"可恶！这里的窗户也是焊死的！这是存心不让我们出去啊！"

小早川用拳头敲了一下覆盖着铁板的窗户，然后走向了出房间的门。

"小早川先生,你去哪里?"

"那边不是还有一道门吗?既然 Clown 不在这边,就应该在那边了。"小早川说罢走出了房间,阿梓等人连忙跟了上去。

小早川走到走廊尽头的门前,毫不犹豫地抓住门把一拉,果然这道门也没有锁上,门发出了"吱呀"一声响就打开了。小早川走了进去。

"我们也进去吧。"月村对阿梓和七海香说。

一想到拿着枪的凶手或许就在门里,阿梓还是有点犹豫,但是她还是下定决心,跟在月村后面走进了房间里。

房间里漆黑一片,门缝里透着微弱的光芒,但是之前众人所在的房间一直亮着荧光灯,走进这间房间里眼睛一下子没有适应过来。

"这里太暗了。"

七海香双手推开沉重的门,于是走廊的光透进房间,虽然还是有点朦胧,但基本上可以看清房间的全貌了。房间大概有半个篮球场那么大,里面放满了输液架、病床和大量的纸皮箱。房间里有一个人影,看起来像是小早川。

"这里有人吗?"阿梓问道,人影转身过来。

"没有，不过这里杂物那么多，完全可以找个地方藏起来，我们不能大意。"

"知道了。"阿梓轻轻摆了摆手。

"这里到底是什么地方？"身旁的月村自言自语道。

"大概就是备用品仓库吧，就是五楼里面的房间。"阿梓回答。

这时候，站在门口一侧的七海香兴奋地喊了出来。

"这里有开关，应该是荧光灯的开关。"

"开灯吧。"小早川马上回答。

"咔嚓"一声，房间充满了荧光灯的灯光。一阵刺眼的感觉传来，阿梓眯起眼睛，环视了一下房间。跟小早川说的一样，房间里纸皮箱堆得比人还高，有许多可以藏身的地方。

"大家小心，可能 Clown 就躲在这里。"

小早川伸手推倒了小山一般的纸皮箱，接着探身查看后面的情况。阿梓紧张得浑身发抖，她握紧拳头，检查了一下纸皮箱后的死角。

"这里没有人。"

众人在房间里找了三分钟左右，小早川咬着牙说。他们已经把房间的每一个角落都看过了,确实没有人藏在里面。阿梓既觉得舒了一口气,同时又有点失望。

阿梓走到进来的门的对面墙壁附近,随意拉了一下那边的铁门,铁门慢慢地打开了。门后是五楼的走廊、院长办公室的入口,还有通往四楼的楼梯。

"门没有锁上?"阿梓眨了眨眼。

"是因为你刚刚打开了吧?"

月村走到阿梓身旁,指了指门把手。这扇门看起来是只要从里面扭动把手就能打开的。

"不,我没有动它。之前我们在外面开不了,很明显是锁上了的……是不是谁把它打开了呢?"阿梓这么问,但是没有人应答。

"这么说,可能就是 Clown 打开过这道门。也就是说 Clown 一直潜伏在这里,他乘坐电梯到了一楼杀害了樱庭小姐,又乘电梯回到这里来了。"月村用手指顶着额头说。

"那为什么他不在这里?他跑到哪里去了?"小早川握紧拳头走了过来。

"既然这道门没有锁上,那就是说他趁我们发现樱庭小姐的遗体,聚集到手术室的时候,从这道门逃走了吧？"

"我就是说，他逃到哪里了？"小早川唾沫横飞地喊道。

月村皱起了眉头。

"你问我我也不知道。可是让我猜的话我觉得应该是从一楼的后门逃走了吧？而且现在也快到限定的时间了。"

"可恶！"小早川生气地踢飞了身旁的纸皮箱。

不，不是这样的。阿梓听着两人的对话，心中泛起了这样的想法。一楼的后门在这几个小时里并没有打开过，Clown并没有从那里逃走。

那么，Clown到底会在哪里呢？除了后门难道还有别的秘密通道吗？是藏在医院的某处？还是说……

"大家来看看这里。"七海香指着墙壁说。

阿梓的思考被七海香的声音打断了。

"怎么了？"阿梓等人快步走近七海香。

"就是这里，这应该是指示吧？"

这处墙壁之前被纸皮箱挡住，只见上面写着小号的文字，还画着小丑的脸。但是这处的小丑跟之前见过的小丑很不同，是一个长相很可爱的小丑。

仰望天空

发现指示

——Clown

"仰望天空……"

阿梓下意识地抬起头,忍不住瞪大了双眼。天花板上写着巨大的文字,也有小丑的画像。

"天花板!大家看看天花板!"

听阿梓这么说,月村等人也抬起了头。众人都惊讶地叫出声音来。

照亮黑暗

让真相之路消失

寻找

拿着最后钥匙的小丑吧!

——Clown

"这是……"月村看着天花板说。

"应该是最后的指示了。"

阿梓眯起眼睛,反复阅读着天花板上的文字。

"可是,为什么这看起来跟之前的指示很不一样呢?文字也变成了波普风格,小丑的风格也很不一样。"小早川皱起了眉头。

"我觉得这是因为画这个的不是 Clown,应该是……芝本老师。"

听阿梓这么说,小早川说了句:"芝本啊?"说着他的眉头皱得更用力了。

"芝本老师在电话录音里也是这么说的。'原件藏在隐秘的地方',这里的指令肯定就是'隐秘的地方'的提示了。"

"可是,如果是隐藏重要证据的地点,会那么直白地把提示写出来吗?"月村眯起眼睛,露出怀疑的表情。

"我觉得那里本来不是用来放证据的。从这里的指令来看,这应该是密室逃脱最后的谜题,本来应该是隐藏逃脱这里用的钥匙的。本来是打算对外公开的,但是挟间导演死后这件事泡汤了,于是才把证据放到那个地方。"阿梓看着天花板说。

"只要找到那个什么证据,就很可能知道到底是谁杀害了芝本了;然而 Clown 却单纯关注找杀害芝本的凶手,忽略了查找那个证据。"小早川自言自语道。

阿梓点了点头。

"对的,大概是 Clown 也没能解开谜语,因此他才把我们绑架到这里,让我们找出证据。"

"这么说,刚刚犯人是故意让我们找到电梯的吗?"月村皱起眉头。

"快点找到证据吧。现在真的没有时间了。"七海香用哀求的语气说。

小早川盯了她一眼。

"与其想这么无聊的谜语,还不如直接把 Clown 找出来吧。如果能抓到 Clown 的话,直接逼他说出逃脱的密码就好了。"

"Clown 很有可能已经从后门离开这家医院了。七海香小姐说的话是有道理的,现在应该先找到证据。"

月村也站在七海香一边,小早川却说:"不,应该先找 Clown。"一点不肯让步。在他们互不相让地争吵之际,阿梓一个人陷入了沉思。

后门没有开过。那么潜伏在备用品仓库的Clown到底去了哪里呢？不对，Clown真的有来过这里吗？如果这个前提条件本身就是错的呢……

阿梓看了看院长办公室那边的门，为什么这道门的锁是开着的呢？

这一刻，阿梓脑海里唤醒了十几分钟前的记忆。樱庭在手术室被射杀的那段时间听到的破裂声，还有……金属的声音。

一股火花迸射一样的感觉向头盖骨袭来，阿梓不由得用双手捂住嘴巴，她怕不这么做自己会叫出声来。

如果我的想法是对的话……

阿梓拼命发动自己的脑细胞，分析现在应该采取怎样的行动。

只能这样了。首先要确认一件事情，越快越好。

"我明白了！"

阿梓抬起头，从喉咙深处喊了出来。正在激烈争吵的三个人露出惊讶的神情看着阿梓，阿梓用夸张的动作指着天花板。

"我已经解开这个谜语了，而且也知道隐藏证据的地方了！"

"真的吗?在哪里?"月村走近阿梓,伸出双手抓着她的肩膀。

"首先我要确认一件事情。大家先到四楼去!"阿梓用不容分说的语气说。

说罢她挣脱月村的双手,转身来到了院长办公室一侧的门,快步走了出去。阿梓经过院长办公室外面的走廊,来到楼梯口往下走,走到四楼和五楼之间的铁栅栏,伸手把栅栏推开。栅栏发出了"吱呀吱呀"的声响。随后阿梓来到四楼,她用力深呼吸了一下。月村等人也跟了上来。

"是在这一层吗?"小早川看着周围问道。

"首先要确认一件事。小早川先生,你能不能先到二楼,把我们醒来的时候穿着的病号服拿过来,然后放到院长办公室里。"

"把病号服拿到院长办公室?为什么要这么做?"

"现在没时间解释了,请按照我说的做!这件事情很重要!"阿梓用尖锐的声音说。

小早川听她这么说,身体向后仰了一下,之后说了句:"明白了。"说罢便下了楼梯。

阿梓对月村和七海香说:"你们请留在这里。"

说罢快步向走廊内部走，来到了樱庭被杀的时候自己所在的病房，竖起耳朵认真听。大概过了两分钟，耳膜传来了金属摇晃的声音。

好！阿梓点了点头，又继续听。过了十几秒，又传来了小早川的声音："我按照你说的办了啊！"

果然……阿梓兴奋地把双手放在胸前，她舒了一口气，重新回到了楼梯前的地方。

"我按照你说的，把病号服放到院长办公室了。所以这说明什么了吗？"

小早川说这话时正在五楼和四楼之间的楼梯间，他一边说一边往下走，之后打开了铁栅栏来到阿梓跟前。

"你弄明白证据在哪里了吗？"

阿梓一下子不知道怎么回答。自从被监禁到这里那一刻开始一直到现在，自己总算抓住了逃脱的机会。这好像一条下垂到地狱里的蜘蛛丝一样，绝对不能轻易放手。

"请问……我们要不要先回手术室一趟呢？祖父江先生一直在那里，我想还是要去看看他的状况。"七海香用谨慎的语气问道。

小早川露出了明显不悦的表情。

"现在不是说这个的时候吧。为什么要管那种人的死活。"

"这可不行，刚刚是我给祖父江先生做的麻醉，管理他的状况也是我的责任。"

"这么下去的话，祖父江也会被烧死的。你就闭嘴吧！"

手术室，好像也是个不错的主意。阿梓站在争论的两人身旁，把手放到嘴边。如果从手术室把出口守住的话……

没有时间犹豫了。阿梓下定了决心，她向前迈了一步。

"大家，我们到手术室去吧！"

"不是吧？祖父江怎么都无所谓，现在应该马上告诉我们证据放在哪里吧！"小早川大声叫道。

"不是为了他而到手术室去，而是因为证据就藏在手术室里。"

"手术室里？"小早川重复道。

"对的，我们走吧。"

阿梓不做解释，直接下了楼梯。她听到脚步声，知道小早川等人也跟了上来，于是一直到了一楼，来到前台的旁边。

一楼的地上还是放置着无数个汽油桶,汽油桶中间的计时器闪烁着的数字是"0:36:24"。数字每减少一次,胸前就感到一阵痛楚。还有三十六分钟,如果不能在这段时间里逃出去的话,就会被活活烧死。

恐怖笼罩着阿梓,她浑身发抖,但还是用力向前走,来到手术室前。

"喂,证据真的在这里吗?我们快没时间了。"小早川跟了上来,脸上满是焦躁,月村和七海香看起来也很不安。

"没问题的,大家快到手术室里面去。"

刚进手术室,七海香就跑到麻醉机前,检查屏幕上显示的心电图和血压数值。

"那'隐秘的场所'到底在哪里?"小早川急忙问道。

阿梓把手放到胸前,身体向下倾,用力调整呼吸。

就是现在、就是现在,是时候为这个可怕的游戏画上句号了。阿梓握紧拳头,抬起头深深吸了一口气。

这是因为她马上要指出把这里的数人绑架、监禁在医院里,还杀害了樱庭的犯人,也就是 Clown

的真实身份。

* * *

到底发生了什么?

街灯刚刚亮起,鲭户边在路上走,边烦躁地抓着头。头屑从他的头发前扬起,很快沾满了西装外套。虽然头皮已经有点疼了,但鲭户却没有停下手来。

"鲭户前辈,你没事吧?……"走在他身旁的南云犹豫了一会儿问道。

"我没事!我们还是走快点吧。"说罢鲭户加快了脚步。

"好像情况不太妙呢……"

南云也加快了脚步跟上鲭户,他压低了声音说道。

"是啊,太不妙了。"鲭户耸了耸肩回答。

有某些事情发生了,而且是很可怕的事情。之前鲭户也只是怀疑,现在是确认无疑了。在去了芝本大辉的父亲浮间辉也的公寓之后,他和南云又去找了与芝本有关的其他人。

他们首先去了芝本的前妻樱庭和子工作的诊所。他们向诊所里的人告知来意后,院长出来接待了他们。院长看起来有点老，表情充满着不悦。

"樱庭小姐今天无故旷工。电话也一直打不通，我们正为此烦恼着。"

鲭户向院长询问到樱庭的住址，于是又来到她家。樱庭住在千岁乌山站附近的一处一室高级公寓。来到大门，鲭户看到对讲门铃的牌子上写着"小早川"三个字。他心想，樱庭是跟男人同居吗？他按了按门铃，可是没有反应。于是他们又向公寓的物管询问，物管告诉他们，房间的租客是一个名叫小早川贤一的医生，在大学附属医院工作。

"小早川先生半年前左右开始跟一个很会打扮的美女同居呢！真是让人羡慕。"

物管是个有啤酒肚的中年男子，他说这话的时候露出了猥琐的表情。

这个小早川医生工作的南阳医大世田谷医院离公寓不是很远，鲭户去了那家医院找小早川，却找不到他。

来到医院并告知来意后，小早川的上司、外科部长告诉鲭户，小早川不仅无故旷工，还一直联系不上。

鲭户又跟外科部长问了一些小早川的情况，之后他试探地问他知不知道一年半前发生的事件；结果外科部长告诉了他一些奇怪的情况。

"这么说来，那个芝本医生的事情登上了杂志，大家很关注的那阵子，小早川跟我们喝酒喝醉的时候经常提起，他说自己跟芝本在高中和大学都是同学，关系还挺亲密。"

死者的前妻与他的好友同居，而且两个人都失联了。在这一刻，鲭户心中产生了不祥的预感。他又联系了芝本所在的景叶医大，提出要找芝本的直属上司月村一生教授，对方的反应使他的预感更加强烈了。

"不好意思，月村今天没有上班。"接电话的是医院的秘书。

"莫非他是无故旷工而且联系不到？"鲭户用强烈的语气问道。

对方吓了一跳："请问你是如何得知的？"

跟芝本有关系的三个人都失联了，加上祖父江就是四个人。肯定是发生了严重的案件。鲭户对自己的判断很有自信，他跟刑事科的科长提出"向警察厅申请成立特别搜查小组，仔细调查事件"，然而科长的回答却令他大失所望。

"单凭这些证据并不能判断发生了严重案件。如果向警察厅申请结果却没有出事,到时候丢脸的是我。你们先自行调查,随时向我报告。"

科长优先考虑的竟然是他本人的官途问题。鲭户拼命压抑着对上司怒吼的冲动,挂掉了电话。

这浑蛋上司!鲭户气得咬牙切齿。如果没事发生自己会丢脸?这种状态之下真的会觉得什么都没发生吗?鲭户看了看手表,时间马上就到下午六点了。等到了晚上,再想找有关人士谈话就变得困难了。而且如果失联人员是被绑架的话,时间过得越久生还概率就越低,现在得赶快搜集资料说服浑蛋上司才行。

"啊,就是这家医院了。"

听到南云的话,鲭户抬起头来。前方是一家六层楼的医院。这里就是一年半前,芝本让救援队把电影导演送来,在这里实施手术的青蓝医院。

在南阳医大世田谷医院问过话后,鲭户等人得知从那处坐电车只需要十几分钟就能到青蓝医院附近的车站,于是马上赶到了青蓝医院。他们打算找当时给电影导演做手术的麻醉科医生。

走进医院大门,鲭户感到背后一阵寒意。会不会连麻醉科医生也失联了？这种猜测萦绕在他的脑海里。

南云来到了医院前台，跟前台小姐说明"想找麻醉科的七海香医生"，说着向对方展示了警察证件。鲭户看了看南云，走到附近一张沙发旁坐了下来。

一年半前的电影导演死亡事件，芝本到底是不是凶手呢？芝本的自杀背后似乎也是另有内情。

芝本大辉的父亲浮间辉也，这个男人也很可疑。鲭户的脑海里浮现出几个小时前见过的那个眼角有一条伤痕的男人的样子。

在这里问完话后，是应该去找浮间呢？还是先继续调查他的线索呢？鲭户看着地板，双手合拢，陷入了沉思。他好几分钟都是这种姿势，眼睛盯着自己穿着凉鞋的脚发呆。鲭户抬起头，只见前方有一个中年男子，他里面穿着好像是做手术时穿的蓝色衣服，外面披着白大褂，身体有些微胖。

"请问你是……"

鲭户站了起来，男子缩了缩脖子向他介绍。

"啊，初次见面，我是麻醉科医生，名叫七海香太。"

3

"七海香小姐,"阿梓把头向前倾,眼睛朝上看着七海香,"请问你是什么星座的?"

"啊?星座?……"

"对的,就是生日的星座。比如说我是处女座的,七海香小姐呢?"

"我……"七海香的表情僵硬了。

"喂,你说这个干吗呢?现在不是……"

"请给我闭嘴!"小早川正要插嘴,阿梓大喝一声制止了他。

小早川瞪大双眼,却说不出话。阿梓慢慢向七海香走近。

"七海香小姐,到底是什么呢?请马上告诉我。"

"我对占卜没什么兴趣。"

"就算对占卜没兴趣,自己的星座总是知道的吧。"

阿梓转过头看着小早川和月村说:"是这样没错吧?"两人露出了迷惑的表情,但还是点了点头。

"七海香小姐,如果你真的是十月出生的话,那应该是天秤座或者天蝎座的。然而你却回答不出来。这是因为你其实不是十月出生的对吧?"

阿梓紧张地舔了舔干燥的嘴唇,继续往下说:"你其实是四月十九日出生的,芝本老师在电话录音里祝福生日快乐的话就是跟你说的吧?"

阿梓听到小早川和月村在背后深深吸了一口气。

"刚刚给我们看的驾照是特意准备的假驾照吧,为了隐瞒自己就是电话录音里说的那个人。"

"这么说,是她杀了和子吗?"小早川走到阿梓的身旁。

"不是!不是我干的!仅仅是因为我不知道自己的星座?这算什么证据!"七海香声音颤抖着说。

阿梓摇着头继续说:"不,我还有证据……就是铁栅栏的声音。"

"铁栅栏的声音?"七海香重复道。

"楼层之间的铁栅栏,只要打开就会发出声响。樱庭小姐被杀害的时候,我在四楼内部的房间搜索,当时听到两次铁栅栏的声音。第一次是刚开始搜索的时候,然后从远处听见了什么东西破裂的声音,现在回想起来……那就是杀害樱庭小姐的枪声。"

阿梓看了看身旁握紧拳头的小早川继续说:"第二次听到铁栅栏的声音是在听到破裂声几分钟后。之后七海香小姐就把我叫到了走廊。七海香小姐,当时你是站在楼梯跟前的对吧。"

"那又怎样呢?"

"你提出要和我一起搜索四楼,然后确认大家都走散之后,你就打开铁栅栏去了五楼,然后用藏起来的钥匙打开了备用品仓库的门,之后通过仓库后方的走廊用隐藏的电梯去了一楼,然后杀死了樱庭小姐。最后,你在小早川先生赶来前又乘电梯回了五楼,通过备用品仓库回到四楼。那时候从五楼回四楼通过铁栅栏,就是我第二次听到的铁栅栏的声音。"

"仓田小姐听到的也可能是二楼铁栅栏的声音吧?"七海香反驳道。

阿梓摇了摇头:"不是这样子的。当时在我所在的房间是听不到二楼铁栅栏的声音的,因为距离太远了。我刚刚让小早川先生取病号服就是为了确认这一点。小早川先生拿着病号服去院长办公室,应该要通过二楼和四楼两处铁栅栏,然而我在房间里只听见一次声音。"

"可,可是……"七海香的眼神开始游离,"可能四楼的铁栅栏确实开过两次,但经过的也不一定是我啊!也有可能是三楼的月村先生用你刚刚说的办法杀害了樱庭小姐,之后从五楼回到三楼啊!"

"那也是不对的。当时七海香小姐很明确地说,听到破裂音之后你就马上来到走廊,一直到叫我的时候都在楼梯前留意下面的情况。"

"这,这也算不上什么确切的证据吧!而且这不是只有你一个人听过吗!"七海香大声说。

"嗯,我或许没有确切的证据,但是在现在这种状况下根本不需要什么确切的证据。就凭两次铁栅栏的声音,还有刚刚你无法明确回答出星座这两件事,我就可以断定……Clown 的真实身份就是你。"阿梓说着向前迈了一步。

七海香的脸上露出了胆怯的表情。

"回想起来,每到关键的时刻你都能控制我们的行动。每次我们被谜题难住的时候，你都能给我们提示，或者带我们到要去的地方。正如刚刚小早川先生所说的那样，Clown 就在我们之中，一边指引我们找到芝本老师和挟间导演死亡的真相，一边近距离观察我们。"阿梓看着七海香的眼睛。

七海香没有说话，稍稍低下了头。

"射杀樱庭小姐难道是计划以外的决定？你既没有注意到铁栅栏的声音，又忘记把备用品仓库的门重新锁上，露出了很多破绽。按照原来的计划你应该要等杀害芝本老师的凶手现形之后才施行复仇的吧？然而樱庭小姐不仅杀害了挟间导演，还把芝本老师诬陷成杀人犯，你是在知道这件事情后无法忍受，才使用了隐藏的电梯把她杀害了。是不是这样？"

七海香果然还是不回答。阿梓又继续说下去：

"我觉得你说自己是青蓝医院的麻醉科医生，还有'七海香'这个名字也是假的。所以你才不知道青蓝医院的麻醉科医生不需要值班，只要随叫随到就好了。篡改麻醉记录这件事也只是为了让我们觉得你是被犯人怀疑才绑架到这里来的受害者而已。说起来，麻醉记录上的'七海香'三个字后面好像也有涂改的痕迹。我猜当初给挟间导演做麻醉的医生也不叫这个名字吧。"

"如果她不是麻醉科医生的话,那她究竟是谁?"小早川指着手术台对面的七海香,或者说自称是七海香的女性说。

"年轻的女性。为了复仇可以做到如此地步,那就是芝本老师很亲密的人。而且,她为祖父江先生做开腹手术,在胃部放进了按钮,又做了完美的麻醉。可见是懂得高超医疗技术的人。能够符合这些条件的只有一个人……那就是在加拿大当外科医生的、芝本老师的妹妹。这才是你的真实身份对吧?"

听了阿梓的问题,七海香脸上的表情消失了。她此刻的脸看起来像能乐面具的脸一样。阿梓感到背后升起一阵寒气,然而她还是继续说下去。

"芝本老师的电话录音里有一个奇怪的地方。他说想等日期变更之后再打电话,还说到时可能时间刚刚好。我当初听的时候以为对方是要干活到深夜的人,然而现在看来并非如此。"

"是因为……时差吗?"月村低声说。

"对的。"阿梓点了点头,"加拿大跟日本之间的时差很长。日期变更之后再打电话,在加拿大却是时间刚刚好。他说的就是这么一回事。"

这次她应该找不出别的借口了。阿梓紧张地等待着面前女子的反应。剩下的时间只有三十分钟左右，在这三十分钟里必须从她口中问出出口的密码来。小早川稍稍向前靠，女子看到了他的动作，慢慢走近了手术台的床头靠近麻醉机的一侧。阿梓等三个人跟她隔着手术台对峙着。

"浮间有里……"女子垂着眼小声说道。

"啊，你说什么？"

听到阿梓的问题，女子说："那是我的名字。"说着摘掉了眼镜，解开了马尾辫，柔顺的黑发散落在肩上。她长长叹了口气，方才给人柔弱的印象一扫而去，隐约给人一种颓废的感觉。

"你就是芝本老师的妹妹对吧？"

"嗯，是的。"女子——浮间有里把眼镜扔在地上，轻轻地点了点头。

"是你杀了和子吗？"小早川往前靠了一步，只见他青筋暴起，双手撑在铺着消毒垫的手术台上。

眼看小早川就要越过手术台，有里从外套口袋里拿出一个钱包，从里面拿出一张薄薄的像是卡片一样的东西。

"都站着别动！谁要是乱来汽油桶就要爆炸

了!"有里举起手喊道。

她手中的卡片上有好几个小按钮,有里的拇指放在最下方红色的按钮上。

"我要是按下这个按钮,点火装置就会在时间限定前启动,汽油桶就会爆炸了。"

"这么一来你自己也要死在这里,你不可能按的。"小早川双手还是撑在手术台上,头微微向前倾。

"要是没有必死的觉悟,我还会做到这个份上吗?只要是为了帮哥哥报仇,我很乐意按下去!"眼睛里满是血丝的有里喊道。

在她的气势之下,小早川不自觉地抽回了放在手术台上的双手。

"哥哥是那么好的一个人,可就是那么好的一个人,却遭遇了那种事情……"有里用颤抖的声音说道,她盯着阿梓等人。

"你们中到底是谁杀了哥哥!"

"我们可以冷静地对话,而且杀害芝本老师的凶手也不一定在我们之中吧。"

听阿梓这么说,有里"哼"了一声。

"不,凶手就在你们之中。我的父母离了婚,我虽然很少跟哥哥见面,但我们一直在保持联系。哥哥的事情都会跟我说的。仓田小姐，关于你的事情我也听过不少。所以哥哥既然说要跟'值得信赖的人'见面，我也找侦探调查了哥哥死的那天各位的不在场证明，结果你们四个最有嫌疑。"

有里又加了一句："包括樱庭小姐在内的四个人。"说罢看了看小早川。小早川满脸通红，他正想挺身而出，可是看到有里的手指放在按钮上，又只能看着她咬牙切齿。

"你是哥哥的好朋友，结果不仅跟他的妻子出轨，还诬陷他是杀人犯；你是哥哥的上司，表面上假装支持他，结果却把他开除了；还有你，明明是哥哥的女朋友，却为了自己不肯为他做不在场证明。"

有里轻蔑地看着阿梓等人，众人却说不出反驳的理由。

"就算你们不是杀害哥哥的凶手，我也完全有理由杀了你们。跟这个男的一起。"

有里低头看了看手术台上正接受人工呼吸的男人。

阿梓侧眼看了看计时器。计时器闪烁的数字是"0:26:08"。已经没有多少时间了。阿梓身旁的月村慢慢向手术台靠近，跟手术台前的小早川并排站着。

"我说了不要过来！"有里把放在卡片按钮上的双手举向前。

"那玩意儿真的能让汽油桶爆炸吗？"月村面无表情地说。

"……当然，要不要试试？"有里又一次假装要按下按钮。

"如果真是可以的话，试试无妨。"

听到月村的话，阿梓瞪大了眼睛，小早川也是哑口无言。

"你只是虚张声势而已，根本没有做好同归于尽的准备。我是明白的，你只是想牵制着我们，等爆炸前的一刻就自己跑掉。"

小早川缓缓地绕着手术台移动。

"你要是过来的话，我就真的按了！"

"按不按都一样。如果这样下去的话，二十五分钟后我们都得死，那还不如赌你是在恐吓我们。现在能够得救的唯一办法就是把你控制住，强迫你把密码告诉我们。"

月村停顿了一秒继续说："用你对待祖父江先生的那些手段。"有里听他这么说，不由得一步步往后退。她的身后是通向诊疗室的门，此时正开着。

"这是不可能的。如果你们能解开备用品仓库的谜题找到证据的话,那除了杀害哥哥的凶手以外的人都可以离开。"

"你找了那么长时间都没能找到那个隐秘的地方,剩下二十五分钟我们能找到吗?很明显,与其解谜我们还不如把你抓住,这才是最简单的脱身的办法。"月村边说边缓慢移动,小早川也在按着他的步伐走。

"既然是你把和子杀了,那我也要选择把你抓住折磨的办法。"

"请等一下,大家冷静一下。"阿梓用命令的语气说。

现在的状况不是她的本意,她本来以为能够简单地控制住有里。找到犯人的真实身份让她过于兴奋,居然没想到对方会拿着引爆汽油桶的装置。

"还等什么?等到大家都被烧死?"小早川看都没看阿梓直接不耐烦地说。

有里和小早川两人之间充满着一触即发的紧张感。就在这一瞬间,有里转身跑出了房间。小早川和月村见状马上追了上去。

阿梓不知道有里想要怎样。出口明明在这一边,有里去的方向只有诊疗室,从那边应该是无法逃跑的。

进入诊疗室的一刻,有里转过头来。"别过来!"她双手拿着机器面向前方。小早川和月村刚跑进诊疗室,在那一刻也止住了脚步。这时候有里按下了红色按钮,同时阿梓感到一声巨响传进了耳膜。

是爆炸了吗?阿梓感受到心脏强烈的跳动。然而她很快意识到并不是爆炸。原来是手术室与诊疗室之间的墙"轰"的一声落下了,诊疗室里的有里也消失在墙壁后方。

"可恶!"

小早川正要用手托住落下的墙壁,可是已经赶不上了。随着一声地震般的巨响,墙壁完全合上了。

"快把墙打开!你这是要我吗!"

小早川用力击打墙壁,然而墙壁纹丝不动。

"莫非从诊疗室还有通道连到后门所在的走廊,就像这堵墙开启的那样?"

听月村这么说,阿梓吸了一口气。确实,这家医院就算有那么奇怪的设置也是可以理解的,很难否定这种可能性。甚至说,如果诊疗室有直接通向外面的地下通道也不奇怪。难道正是这个缘故,有里才逃到诊疗室里的吗?

"我去走廊看看。"

"好的。那我就留在这里试试跟那女的对话。"月村对快步走出手术室的小早川说。

阿梓犹豫了一下,走到了站在关上的墙壁跟前的月村身旁。

"七海香小姐,不对,是浮间小姐对吧。请把墙打开。"月村大声喊道。

从门后远处传来微弱的声音。

"你都说要拷问我了,我怎么可能打开!"

阿梓安心了一点。看来有里并没有从隐藏的通道逃走,而是还在诊疗室里。

"那我们对话一下吧。不然这么下去你也会死在这里的。"

"没什么话好说的!你们得救的唯一方法就是在限定时间里解开谜题,找到杀害哥哥的凶手而已。如果不这么做的话,这里所有人都得死。"

"可恶。"月村咒骂道。

阿梓看了看计时器,上面显示的时间是"0:24:22",实在是没时间了。

"求求你不要做傻事。如果把刚刚的电话录音交给警方的话,一定能重启调查的。到时候把这所医院的每个角落都找一遍，找出芝本老师藏起来的证据，那就能找到凶手了。"阿梓大声说道。

对面微弱地"哼"了一声。

"我已经试过了。电话录音也交给警方了，可是根本没有用。他们说那次事件已经以自杀事件结案了，就这么把我打发走了。"

"怎么这样……"

"哥哥自从那条电话录音之后就没有联系我，我给他打过几次电话都没有接通。当时很担心他发生了什么事，可是我们在日本也没有可以帮忙的亲戚，一点办法也没有。我是两个多星期之后，律师找我们谈遗产的时候才知道哥哥的死讯的。那个时候他早就下葬了。"

墙壁对面传来微弱的悲痛的声音。

"我们马上赶回日本，向警察提出调查，可是被拒绝了。所以才决定自己寻找凶手。首先雇了侦探把凶手限定在你们几个里面。可是一直找不到真正的凶手，也找不出哥哥隐藏证据的地方，所以才制订了这个计划。"

有里微弱的声音里混进了一丝奸笑。

"首先把你们监禁起来，让你们参与哥哥设计的这个游戏，让你们找到我发现的证据。这么一来或许会找到最后的证据，在你们的对话中凶手也可能会暴露。这么一来哥哥设计的游戏也不会就这么浪费了，他应该也会高兴的。"

"芝本老师才不会为这种事情高兴！"阿梓按捺不住喊道。

"你以为你自己是谁！这是我给哥哥做的祭奠！为了那个被诬陷成杀人犯，最后还被谋杀的哥哥……如果还想活着离开这家医院的话，那就告诉我到底是谁杀了哥哥，这就是通关的条件。如果在剩下的二十分钟里找不出凶手的话，到时医院里的所有人都得死。"

"这怎么可以，二十分钟也太短了，至少再给我们多一点时间。只要有时间，一定能解开备用品仓库的谜题的。"

"不行。汽油桶上的装置只要设置好就不能解除也不能延长时间了。无论如何，再过二十分钟医院就会化成一片火海，游戏也结束了。"有里的声音非常平淡，好像是在念台词一样。

阿梓感到一阵寒意，背后像是被人泼了冷水一般。

她是认真的,如果找不出凶手,她真的会与嫌疑者同归于尽,把这里的人全部烧死。她是铁定要复仇的。绝望充满了阿梓心中。

"最后再给你们一个提示。"

门的那边传来微弱的声音,阿梓瞪大双眼。

"提示?既然还有提示为何不早点告诉我们!"

"在祖父江的右侧腹部,你们去找找。"

"右侧的腹部?那里有什么?"阿梓大声问道,但对面没有回答。

阿梓和月村相互看了一眼,马上回头向手术台走去。

"右侧的腹部对吧。"

月村揭开了消毒垫,手术台上横躺着的瘦弱身体裸露出来。阿梓把头凑近他右侧的腹部,认真凝视他满是青筋的干燥皮肤。在腰部靠上一带的皮肤似乎有线之类的东西。阿梓小心翼翼地触摸着线,手指感受到一些类似硬物的东西。

"在这里!这里埋进了一些东西!"

阿梓叫了出来,月村也伸手摸了摸线所在的地方。

"好像是埋在了皮下,然后缝合起皮肤不让我们发现的。"

看来除了按钮,他体内还埋进了其他东西。阿梓感到有里对祖父江强烈的恨意,不禁浑身颤抖起来。

"把它取出来吧。"

月村从身旁的器具架上拿起手术刀,把刀尖插进线的下方,往侧面一拉。他顺手把手术刀放回器具架,又拿起一把镊子,在割开的伤口里寻找物品。

"找到了。"月村说着用镊子把物品拉了出来。

只见镊子尖上是一块金属,上面满是血和油脂。

"钥匙?!"

阿梓看了看麻醉机后方的保险箱,刚出现的钥匙跟打开之前两个保险箱的钥匙看起来很像。月村不管钥匙上的血污,直接用手抓起钥匙,走到还没开启的保险箱跟前。他迅速把钥匙插进锁孔一转,便发出了开锁的声音。月村马上打开了保险箱的门。

阿梓从月村肩膀后观察保险箱的内部,里面放了一沓大学用的纸笺。

"这是什么?"

月村把纸笺从保险箱里取出。封面上写着字,阿梓把纸笺从月村手上抢了过来。

"从 Clown 的医院逃脱",这是封面上写着的标题。

"仓田小姐?"

"这是芝本老师写的。是这家医院里的密室逃脱设计图!"阿梓对他说道,月村惊讶地看着阿梓。

阿梓以前看过芝本设计的密室逃脱游戏的设计图。当时的设计图跟这份图纸一样,也是用大学纸笺写的,封面写着大字标题。

阿梓马上翻开设计图。里面记载着病号服衣襟上的提示、病床里的钥匙、楼道的铁栅栏、手术台上放置着戴着小丑面具的人偶、小丑人偶腹腔里隐藏着的开关、手术室里放置的保险箱、天花板吊下来的小丑人偶,等等。

除此之外,还有一些看起来好像是临时把想法记下来的,看不清楚的文字和读不懂的段落;然而这些毫无疑问都是刚刚几个小时内阿梓等人一个个解开的"谜团"的设计图。

当然了,设计图里还记载了如果同时有好几组人参加的情况下的做法,跟阿梓等人经历的游戏稍有不同,然而大体而言方才的经历跟设计图上的记载是差不多的。

"哥哥设计的游戏也不会就这么浪费了,他应该也会高兴的。"

阿梓耳边回响起有里刚刚说的话。按照哥哥留下的设计图把游戏做出来,这对有里来说也是一种祭奠吧。

阿梓拼命翻看着设计图纸,想在图纸里找出能帮助自己脱离困境的重要提示。

设计图里有很多刚才没体验过的谜题;大概是因为不适合这次计划,或者设计图里写得不够详细,所以没有采用吧。

阿梓眯起眼睛,看到设计图其中一页上的图画。按照这一页的描述,医院前台的地板上应该做出一条路,放置一个乘坐玩具车的小丑人偶,还有一个在人行道走路的小丑人偶。乘坐玩具车的小丑人偶和"车道"两个字用红笔圈了起来,然而描述最重要的"谜题"的文字却写得非常潦草,根本看不清楚。阿梓实在难以理解这一处的设计是怎么回事。

详细的描述也看不清楚,而且现在前台一带放满了汽油桶,所以应该没有采用这一部分设计吧。

"你们这边怎样了?那女的看来没有从走廊逃走的样子。"小早川回来了。

然而阿梓并没有抬起头，还是继续看着设计图。

"喂，那女的到底怎么了？"小早川声音沙哑地喊道。

月村把食指放在嘴巴跟前。

"那女的还在诊疗室里。不过她说如果不找到杀芝本的凶手就不会放人。"

"那你们倒是在干吗？"小早川不悦地说。

"你给我安静一点！"阿梓回过头来喝道。

小早川在她的震慑下向后退了一步。

阿梓翻看着设计图，忽然在某一页止住了动作。这一页上芝本用潦草的字迹写着"照亮黑暗，让真相之路消失，寻找拿着最后钥匙的小丑吧"几行字。这是备用品仓库天花板上写着的字。这正是显示"隐秘的地方"的谜题的设计图。阿梓认真阅读了这一页的每个角落。设计图上画着备用品仓库里看过的可爱的小丑画像，周围还写着一些笔记，然而笔记的字迹相当潦草，很难看得清楚。这一页的正中央不知为何画着一个花洒。

花洒？医院里有淋浴间也是很正常的。然而这跟"照亮黑暗，让真相之路消失"这句话却联系不起来。

赶快思考、赶快思考。阿梓眼睛凝视着设计图，大脑不停地运转。

有里思考了很久还是没能找到"隐秘的地方"。难道隐秘的地方不是单单解开仓库天花板上的谜题就能找到的？很可能还要把别的谜题的答案作为提示使用才找得到。芝本以前也经常这样设计。

这是芝本老师留下来的最后的游戏，如果我解不开谜题的话怎么对得住他？

"喂，现在只剩下十七分钟了。"小早川的声音里混杂着恐惧。

"黑暗"说的难道是把灯关掉就能看到提示？但是这跟三楼护士站的英语提示就重复了。阿梓实在是找不到头绪。

说起来，谜语里根本没有提到地点。如果用常理来推断的话，谜语既然写在备用品仓库，那说的应该就是那里，可是也不能排除指的是别的地方。"真相之路"所表现的难道就是地点吗？

路……阿梓皱起眉头，翻到了设计图的另一页。刚刚看到过的，画着设置在前台的"路"的那一页。

有里没有采用的这个"谜题"。难道这里的道路才是谜语里说的"路"？

如果这样理解的话，那前台难道就是"隐秘的地点"？"让真相之路消失"，可以理解为用毛巾之类的东西把那里画上去的东西擦掉，在下面出现小丑画像之类的意思。如果真的是这样的话就真的令人绝望了，因为设计图上画着道路的地方现在正放着无数个装满汽油的汽油桶。

"还有十六分钟！"小早川喊道。

不对，不一定是在前台。如果只是擦掉道路的图画的话，那也太没有技术含量了。那一处既然是芝本老师费尽心思设计的密室逃脱游戏的高潮部分，肯定不会用那么无聊的办法解谜的。那么"真相之路"究竟是……

阿梓的视线被图纸上的红色圆圈吸引住，圆圈把乘坐玩具车的小丑人偶圈了起来。

虽然看不清楚文字，不知道这是一个怎样的谜题，可是芝本老师既然把乘玩具车的小丑人偶圈了起来，而没有圈人行道上的小丑人偶，那意思就是乘车的小丑人偶才是正确选项，这难道是说，车走的这条路才是"真相之路"？

不是人行道，是车道。阿梓又看了看用红笔标注起来的"车道"两个字。字的旁边还标了音。

为什么要特意标音呢？而且标音的地方还用红笔反复画了线。这是什么意思呢……

车道……车道……车道……

阿梓睁开眼睛猛一回头，她的视线集中在只有这个房间里才有的某个机器上。

"明白了！"阿梓站起来喊道。

"明白了？是明白了'隐秘的地方'吗？"小早川迫切地问。

"对的！我明白了！'真相之路'说的是车道。'车道'用英文念出来就是'shadow'[1]。所以说谜语的真实意思就是'照亮黑暗，让影子消失'。"

阿梓兴奋地站了起来，月村却皱了皱眉。

"这是什么意思？黑暗里不是本来就没有影子吗？"

"不是这样的，重要的部分是'照亮黑暗让真相之路消失'这个部分。什么东西可以在照亮黑暗的同时让影子消失？在这个房间里应该有这么一个东西才对。"

"让影子消失……"

1　日语中的"车道"为"車道"（しゃどう），发音与英语单词"shadow"的发音相似。

月村转过身来看着上方。他看着的是天花板上垂下来的一只机械臂,看起来像是个巨大的花洒一样的机器。

"对!是无影灯!这个谜语的谜底就是说用无影灯照亮黑暗的房间!"

"那,现在就是把这个无影灯……"小早川指着手术台上的无影灯。

"不,我觉得应该是这个。"阿梓走近了不远处那个似乎本来是放着手术台,现在已经搬走了的区域,那上面吊着一个老旧的无影灯。

小早川脸上满是困惑。"怎么会呢?这盏灯已经坏了,开不了吧。"

"不对,它应该是没有坏的。小早川先生你就听我的,现在先把门关上,闩上脚闩,把荧光灯关掉!"

阿梓走近那个老旧的无影灯,利落地给出指令,小早川连忙按照阿梓的指示关门熄灯。手术室瞬间充满了黑暗。

现在想起来,手术室的门和窗要涂成黑色大概也是为了这个。阿梓一边想一边伸手打开了无影灯的开关。淡淡的紫光照射在阿梓脸上。

"这是……"月村小心地走近阿梓。

"黑光灯，它的灯光是长波长紫外线。用肉眼几乎看不到光线，如果开着荧光灯的话根本察觉不到。"阿梓一边说明，一边操作无影灯照射房间。

下一刻，小早川"啊"地叫出声来。只见房间的角落，接近地板的墙壁上出现了一个小小的小丑的脸。

"这一定是用对紫外线有反应的特殊涂料画的。这就是'隐秘的地方'了。"

小早川走近刚刚显示的小丑图案跪坐下来，用手摸着那一部分墙壁。

"请用力往里按。"

听到阿梓的命令，小早川咬咬牙用力按了进去。墙壁里大概边长二十厘米的正方形慢慢地向墙壁内部移动。

"动了，真的是这里，我们找到了！"小早川兴奋地叫道。

阿梓走到房间门口，把脚闩打开，又开了灯。房间再次充满了荧光灯的灯光，黑光灯的光看不见了。

"里面有什么吗？"

阿梓蹲在地板上向小早川问，小早川正往墙上的洞里看。

"下方有一个把手,拉起来就好了吧?"

小早川抓住把手一拉,只见里面又出现了一个空间。

"好像生锈得很厉害。这是芝本做的吗?"

小早川把手伸进空间,从里面拿出一沓厚厚的纸。

"这就是'证据'……"

小早川迅速翻看文件。阿梓走近他,在他肩膀边看着文件。最初的几页密密麻麻地写着人名、年龄、所患的疾病、手术的类型之类的信息。仔细一看,这些人患的都是急性阑尾炎、急性胆囊炎、绞窄性肠梗阻这些需要做紧急手术的病。每一页都有好几个人的名字用荧光笔标记起来。

"这是什么嘛!不就是做手术的患者列表吗?"

听到小早川的话,阿梓"啊"地叫出声来。

"这难道就是电影导演坠落的时候,樱庭小姐发现的材料吗?樱庭小姐好像也说过有用荧光笔画的线之类的。"

"和子这么说过?"

小早川一边皱眉头一边翻看文件,后面有好几页用英文字母和数字写着类似密码一样的东西。

"HLA……"小早川小声说。

"嗯？怎么回事？"

"人类白细胞抗原，是在人体细胞表面发现的抗原。"

"这应该是器官移植的时候需要检查的东西吧？好像是说这个合不上就不能移植器官了……"

"嗯，对的。当然不是说HLA要完全一样才能移植的，但如果HLA很不一样的话就会发生强烈的排斥反应。所以移植的时候最好还是能找到HLA尽量相似的器官。"

"这家医院以前就是进行非法器官移植的，这些记录难道就是能够进行器官移植的病人列表吗？"

"不对，这家医院规模不大，这个列表上病人那么多，怎么看都不是这家医院可以承载的。这份记录应该是某家大医院病人的HLA列表吧。"小早川把手放在嘴边。

"跟非法器官移植相关的人员或许不只是这家医院的员工。或许在别的大医院还有共犯，把那些没有意识，也没有家人的患者的HLA登记起来，做成这个列表。"

"这是为了给接受移植的患者提供 HLA 最合适的器官……"

阿梓声音颤抖着说出如此可怕的行径，小早川用力点了点头。

"对的，这就是一份器官目录；前面的列表应该是被摘除器官的病人吧。好像杂志上也说过，医院的员工借故说要做紧急手术趁夜里把病人的器官摘取之类的事。"

"芝本老师是怎么找到这个的……"

"这资料应该本来就放在那个洞里面的吧？对提供 HLA 资料的共犯来说，这已经是犯罪的证据了。肯定是这家医院的人为了防止那些人出卖自己而把资料藏在这里。"

"然后这件事被芝本老师发现了。"

"对的。这墙壁居然还有可以按进去的地方，芝本就是这样的人。他找到这样隐秘的地方之后，很高兴地就想要设计一个游乐项目，后来再详细看了看资料，才觉得事情有点不对头。"

"莫非芝本老师雇侦探其实不是要调查出轨，而是为了这件事？跟樱庭小姐说想让她看的可能也是这份资料，然而樱庭小姐却误会了他的意思，结果还失误杀害了挟间导演。"

听了阿梓的话,小早川露出了非常痛苦的表情。阿梓则没有理会,她正为发现了真相而感到兴奋。

"前年的九月十八日,芝本老师本来想给挟间导演看文件。挟间导演死后,芝本老师以为是有人想要夺回文件才杀害了挟间导演,又把自己诬陷成杀人犯。正因如此,他把文件的原件放回了这个隐秘的暗格里,然后开始仔细调查这件事。"

"我说,你这也有点跳跃吧。你说他让挟间看文件还能理解,毕竟这文件是在他们一起开发的娱乐项目里发现的。可是为什么要给和子看呢……"

小早川话说到一半,翻动书页的手停了下来。从这一页开始不再是 HLA 列表,而是重新出现了病人的名单,看起来是从别的医院转过来的病人,而且还写上了原来入住的医院。列表上有好几个病人用荧光笔标注了起来。

"他们都是……景叶医大附属医院的病人。"

小早川说这话的一瞬间,阿梓感到背后有人靠近,她回头一看,原来月村从不知道什么时候起已经靠到自己身后。月村若无其事地走过阿梓身旁,往小早川的肩膀捶了一下。小早川转过身来,月村的身体已经靠了上去。小早川没有反应过来，他健硕的身体已经被推到了墙边。

阿梓呆站在一旁完全不知道发生了什么事情。小早川背靠着墙，身体缓缓地倒了下来。他胸口插着一根像是细棍子一样的东西。阿梓马上明白了，那是手术刀的刀柄。小早川倒在地上猛烈地抽搐起来。

"小早川先生！"

阿梓走近小早川，用手按着他的身体，然而他却没有停止抽搐。

"没用的。是从肋骨之间插入了心脏，他已经没救了。"月村用毫无起伏的声音说。

他话音刚落，小早川就停止了抽搐。只见他瞪大眼睛，瞳孔里已经没有了光芒，阿梓呆呆地看着这一光景。

"说起来，我还真没想到原件是藏在这种地方……"月村踩着散落了一地的文件。

"原来是你……把芝本老师给……"阿梓看着月村颤抖着声音说。

月村的脸上泛起了笑容，像是戴着面具一样的皮笑肉不笑的笑容。

"对,就是我杀的。谁叫他去查了不该查的事情。"月村平淡地回答。

"你是非法器官移植的共犯……"

芝本看过资料之后,怀疑景叶医大附属医院里也有人参与了非法器官移植,所以才打算让曾经在那里工作的樱庭也看看,希望她能给出一些意见,然而樱庭却误以为对方发现了自己出轨的证据。在阿梓的脑海里,一年半前发生的事情逐渐清晰了起来。

"我说,你可不要随便诬陷别人。我所做的事情只不过是调查医院里既没有意识也没有亲人的患者的 HLA,然后把情况送给这家医院的院长而已,仅仅如此。"

"可是,这家医院的院长就是从你提供的列表里选出适合移植器官的患者,然后让他们转院的。"

"这我可不知道。确实,田所医院有定期从我们医院接收病人,那些既没有亲人又需要长期疗养的病人很少有疗养型医院愿意接收的,他们真是帮了大忙。至于他们转院之后会发生什么事情我就不知道了,也与我无关。"

"你不能说一句与你无关就置身事外了,你还因此杀害了芝本老师！"阿梓咬着嘴唇。

月村脸上又泛起面具一般的笑容。

"电影导演死掉的几天前，芝本曾经来找我。他把这份材料给我看了，还说大学里可能有非法器官移植的共犯，然而他也说单凭这些证据是不能向警察举报自己毕业的大学的。真是的，说什么共犯，我只不过是提供 HLA 数据而已。"

"你靠这些数据赚了一大笔钱吧，还说不是共犯？"

"要当上医学部的教授可是很花钱的。"月村自嘲地撇了撇嘴。

"所以你就借挟间导演那件事把芝本老师开除了。"

"对啊。我还在想该怎么办，结果就出了那件事，真是帮了大忙。只要把他开除，他就调查不到医院的资料，大概也就会放手了。可是没想到，他明明已经被认为是杀人犯了，居然还在继续调查。"月村叹了一口气。

"芝本利用他在医院里的朋友，还雇了侦探，结果查出从我们医院转院到田所医院的患者名单，还知道他们大部分被摘除了肾脏。于是去年四月十九日，他找到我，想让我帮忙调查谁是共犯。当然他不知道共犯其实就是我。"月村忍不住笑出声来。

"然后你就把芝本老师……"

"对，我用事前准备的电击枪把他击晕，用鼻胃插管把大量威士忌灌进他的胃里，然后让他跟车一起坠落海中。那些警察根本没有详细调查，直接就断定他是自杀的。"

月村耸了耸肩继续说："你还有什么要问的吗？"

"你现在……打算怎么办？……"阿梓颤抖着问。

月村单膝跪下，伸手把小早川胸前的手术刀拔了出来。

"这不是明摆着嘛。在八分钟内把你杀了，然后逃离这里。"

"你要怎么逃？大门已经被锁上了。"

"这还不简单。芝本的妹妹，好像是叫有里对吧，我让她开门不就好了。"

"你是杀害芝本老师的凶手，凭什么有里要帮你？"

"因为她不知道是我杀的。"

阿梓看着露出微笑的月村"咦"了一声。月村用手指指着手术室与诊疗室之间的墙。

"刚刚我们跟墙那边对话的时候必须大声喊,现在她并不清楚我们这边的情况。我只要把你杀了,再慢慢向她解释,让她相信杀害芝本的是小早川先生。"

月村拿着手术刀的手缓缓晃动,似乎是在威胁阿梓一样。

"我可以说,是你解开了最后的谜语,发现了这份资料,里面是证明小早川是非法器官移植共犯的证据。小早川得知此事后把你杀害灭口,然后想要把我也杀了,我拼命反抗,把小早川击倒。这不是个完美的故事吗?"

"这,这种故事有里怎么会相信……"

"她会信的。"月村断言道,"从刚刚对峙的样子就看出来了。她虽然有同归于尽的决心,但还是很想活下去的。她那么年轻,当然不想死在这里。所以她肯定会相信我的话,相信小早川就是凶手,跟我一起离开这家医院。"

"看……看了资料之后就知道你在撒谎吧。"阿梓从内心深处感到一阵恐惧,浑身颤抖起来。

"那怎么会呢,你看,现在只剩下七分钟了。根本没有仔细确认的时间,到时候这份资料就跟医院一起烧成灰烬了。"

"如果……如果你真的能逃出去的话,你想对有里怎样?"阿梓从喉咙里挤出一句话来。

月村又露出了假笑,他的眼神毫无感情,阿梓感觉似乎有一只巨大的爬行动物盯着自己看。

"你知道这个又有什么用?那时候你已经不在世上了。"月村止住了晃动手术刀的手。

这下真的要完了。这么想的一刻,阿梓下意识地张大了嘴:"杀害芝本老师的是……"

她为了让诊疗室里的有里听到而大声喊道。然而,还没等她喊出凶手的名字,月村已经向前一跳用手掌捂住了阿梓的嘴。她被月村推到墙边,头撞到墙壁差点失去意识。

"别做无谓的挣扎了……你给我安分点!"月村低声说道,说着把手术刀举到脸旁。

手术刀上沾着小早川的血,刀刃映射着荧光灯诡异的光芒。

阿梓紧紧地闭上了眼睛。

下一刻,耳边传来了震耳欲聋的响声。

* * *

"这么晚还来打扰您,不好意思。"

鲭户跟南云并排坐在沙发上,一个五六十岁的男人给他们沏了红茶,鲭户把茶杯放在面前的矮桌上,向对方鞠了个躬道歉。老人头发已经花白,但皮肤却是很健康的褐色。

"不要介意,我才是不好意思呢!"

这位主人名叫芝本直彦,他对鲭户笑了笑,转身回到厨房去拿自己的红茶。鲭户在去青蓝医院见了麻醉科医生七海香太的两小时后,又来到了丰岛区要町的这处住宅。鲭户看了看手表,现在是晚上九点。

跟七海香太谈话已经是将近三小时前了,从七海香太口中并没有问到什么重要的信息。鲭户只能失望地离开了青蓝医院,本来想直接去芝本大辉父亲浮间辉也家里看看情况;然而正当他们前往浮间辉也的公寓的时候,南云接到了一通电话。打电话的人正是此刻在厨房里冲茶的芝本直彦。

芝本直彦是芝本大辉的舅舅。去年芝本大辉去世的时候,遗体的确认和举办葬礼,还有遗产继承等手续都是直彦处理的。

鲭户自从前一天就一直想跟直彦取得联系,然而电话一直打不通。难道直彦也被绑架了吗?鲭户之前一直在想。然而就在两个小时前，对方突然来了电话，说："之前一直没留意电话实在不好意思，不知道两小时后有没有空见面。"

直彦继续解释说，自己去夏威夷玩了一个星期，回国后发现有电话留言。接到电话后，鲭户犹豫了一下应该去浮间辉也的住宅还是找直彦谈话，最终还是决定去直彦家里。

"既然直彦先生去了夏威夷，那就是说他跟这次的事件无关了对吧？"南云低声说，不让厨房里的直彦听见。

"这可不一定。"鲭户也压低了声音回答，"声称出了国，护照上还有出入境记录，这是很好的不在场证明嘛！"

"那是怎样做到的？"

"这还不简单。首先带着真护照出国，接着用假护照回国进行犯罪活动，然后用假护照出国，最后用真护照回国，这样完美的不在场证明就成立了。"

"不对吧？使用伪造护照过境这种事有那么简单吗？"

"嗯，说简单也确实不简单。可是比起外国人用伪造护照进入日本来说，也不是什么难事。"

"这样的吗?"

"出入境审查对外国人入境是很严格的,可是对归国日本人则是随便得很。只要能做出足够逼真的日本护照,那就是完全可以实现的。"

"照你这么说的话,外国人非法入境也很简单喽?"

"怎么可能。拿日本护照回国的家伙怎么说都得会说日语对吧,如果日语不好的话马上就穿帮了。使用这种办法入境不但要能说标准的日语,还得外表上也像是个日本人才行。"

"哦哦,原来如此。那么说,直彦先生也有可能跟事件有关喽?"

"也不要太武断,顶多只能说存在可能性。"

鲭户刚叮嘱完南云,直彦就拿着自己的茶杯走出了厨房。两人连忙正襟危坐起来。

"不好意思啊,我这里又乱又狭窄,因为只有我一个人住。"

直彦嘴上是这么说,可是他的一室一厅住宅相当宽敞,而且也打扫得很干净。他们所在的客厅大概有二十平方米那么大,室内装修是样板房风格,租金应该挺高昂的。

按照资料，芝本直彦的妻子十几年前就去世了，之后似乎一直都是一个人住。之前他一直是某公司的董事，两年前退休，家境应该挺富裕的，独自一人去夏威夷旅游也不是什么不可思议的事情。

"哪有哪有，我们才是，突然打扰到您实在不好意思。"

"那，请问你们是想问关于大辉的事情吗？"

直彦把茶杯放在矮桌上，向鲭户等人投来了试探的眼神。鲭户回答说："是的，正是这样。"直彦又拿起茶杯放到嘴边吸了一口红茶，长长舒了一口气。

"大辉自杀已经是刚好一年前的事情了，当时我实在是吓了一跳。"

"给芝本大辉先生做遗体确认，还有葬礼的手续这些事情好像都是直彦先生操办的吧？"

"嗯，那时候大辉在日本的亲戚只有我一个。不过遗体的状态很糟糕……最终凭牙齿的形状，又取了我的 DNA 样本做比对才确认是大辉。"直彦露出忍痛的表情。

"直彦先生跟大辉先生之间是不是关系很好？"

"也没有说很好了，每年也就联系两三次的样子。"

直彦抓了抓脸颊。鲭户看着他的动作。他的亲外甥被人诬陷成杀人犯，最终还丢了性命。他大概对祖父江春云怀恨在心吧。

"直彦先生，您知道祖父江春云吗？"

"祖父江？这是谁的名字吗？"直彦眨了眨眼睛。

从他的反应，鲭户马上可以断定，这个人并不认识祖父江。他跟这次事件也没有关系。

"啊，没事了。对了，那直彦先生认不认识浮间辉也先生呢？"

"啊，浮间啊，那当然认识了，他是我妹妹的先生。直到妹妹离婚前我还经常跟他见面的。"

"我听说浮间先生好像不太关心他儿子，那是真的吗？"

"浮间不关心大辉？"直彦大声说道，"这是谁说的？简直就是胡说八道。"

"那么说，浮间辉也是很关心儿子的喽？"

"对啊，可以说很少有像他那样那么为子女操心的人了。大辉也是，还有大辉的妹妹有里也是，浮间对他们溺爱得很。他跟我妹妹离婚的时候一直争抚养权，争到最后，结果法院的判决是我妹妹得到了大辉的抚养权，浮间则得到了有里的抚养权，不过他们之间都是随时可以见面的，他也一直很关心大辉。"

果然是这样的！鲭户暗暗抓紧拳头。在公寓里浮间说的话是在撒谎。那个眼角有伤痕的壮汉其实是很爱儿子的。他一定跟这次事件有关。

"也就是说，芝本大辉跟父亲之间关系良好，彼此经常联系的对吧？"

"那倒不是，大辉好像不太喜欢他爸爸。不过这也可以理解，他在青春期的时候父母离异，他或许感觉是父亲把自己抛弃了。他跟有里肯定是一直在联系的，但是跟浮间应该没有联系。所以浮间一直不知道儿子被诬陷的事，他对此相当悔恨。"

"请问您最近见过浮间先生吗？"

"最近倒是没有，不过半年多前跟他见过好几次。他突然从加拿大回来跟我联系，还来过这里看我。"

直彦看了看天花板，好像在搜索自己的记忆。

"为什么要来找您呢？是为了问大辉先生的事情吗？"

"他确实问了这个，但主要的目的是问不动产交易的问题。"

"不动产？"鲭户不知道他说的是什么事，歪着脖子问。

"嗯，之前我跟浮间他们商量过，大辉的遗产里，银行户口的钱全部由他妹妹继承，还有个人物品因为有里自己想要，所以也全部送给她了；但是大辉名下的不动产因为浮间他们在加拿大很难继承，所以归到了我的名下。"

"他是跟您说，想要您把不动产卖给他吗？"

"嗯，就是这个意思。说实话，我当时也不知道该怎么处置这些房产，他的提议反而让我省心不少，结果就折价卖给他了。"

"那到底是哪里的不动产呢……"鲭户把身体向前靠。

"这个啊，是府中市一处废弃医院，名字叫田所医院。"

"田所医院？！"鲭户瞪大了眼睛，他身旁的南云也屏住呼吸，"是好几年前好几名职员被杀，一年半前电影导演坠落身亡的那家医院吗？"鲭户激动得把身体往前靠。

直彦点了点头说："你知道得真详细。"

"为什么浮间要买那家医院？"

"他说，'那里有儿子未完成的心愿'。"

"我记得大辉先生好像是打算把那里改造成游乐项目之类的东西,浮间是想要代替他完成这件事吗?"

"我觉得应该是。我因为好奇所以去过一次,那时候他们请了很多工人,好像要做挺大的项目。窗户全都用铁板焊死了,还在地底挖了密道。"

鲭户伸手按着胸口,他感到手掌下方心脏的跳动越来越快。田所医院正是这次事件开始的地方,肯定也是祖父江等人被监禁的地方。

鲭户想要问更多信息,他正要开口,身旁传来了响亮的电话铃声。鲭户盯着身旁的南云,南云慌忙从口袋取出了手机。

南云说了句"不好意思"便从沙发上站了起来,走到房间的角落。南云用手掩着嘴讲电话。鲭户看了他一眼,重新面对着直彦。

"总而言之,那位壮汉从您这儿买下了田所医院,然后对建筑进行了改造对吧?"鲭户向直彦确认。

直彦却反问道:"壮汉?"说着露出了诧异的表情。

"浮间辉也啊!他不是个眼角有伤痕的壮汉吗?"

"嗯?浮间的眼角并没有伤痕,那个是他的代理人。"

"啊？代理人？"鲭户重复道，他没弄懂对方的意思。

"对的，就是那个眼角有伤痕的壮汉。上次浮间来找我的时候，那个男的也跟来了，他对我说那是他的代理人。"

直彦停顿了一下，他探身向前小声继续说："说是代理人，但那男的应该不是律师之类的人呢！我在大公司干了很多年，也跟各色各样的人打过交道。里面也有不少危险的人物，所以我一看就知道了，那个壮汉明显是非法团伙的人……我猜那种人只要收了钱什么事情都做得出来的。浮间为什么要雇那种人呢？老实说我很怀疑。"

那个壮汉不是浮间辉也？那浮间到底在哪？……

"不过，浮间辉也确实是个体格强壮的人，所以我才以为那个有伤痕的人是他……"鲭户一下子没有反应过来就脱口而出，听了这句话直彦的表情僵硬了。

"嗯，确实，浮间以前是个强壮的人，体重应该也是一百公斤以上的……不过那是以前了。"

"以前？那现在呢？"

"现在不一样了，我也不知道这个方不方便告诉你们……"

直彦犹豫了一下继续说："浮间他患了癌症，已经是晚期了。"

"晚期癌症？！"鲭户重复道。

"好像是两年前发现患了肺癌，据说发现的时候癌细胞已经转移了，所以无法做手术，只能化疗。化疗暂时抑制了癌细胞的扩散，但去年病情恶化，已经时日无多了。"

"那，浮间他……"

"嗯，外表完全改变了。因为化疗头发全掉光了。癌细胞似乎也耗光了身体的营养，身体变得很消瘦，看起来就是一副病恹恹的样子。我最后一次见他是三个月前，他的体重只有原来的一半，现在可能还要再瘦一点。"

直彦叹了口气，又补充了一句："如果他还活着的话。"

有伤痕的男人不是浮间辉也，而真正的浮间辉也患了晚期癌症，已经时日无多。鲭户拼命消化这些刚刚得知的信息，这时候……

"鲭户前辈！"传来了南云的声音。

"你别那么大声。"

南云单手拿着手机走了过来，鲭户盯着他看。

"不好意思，科长让我们马上回局里……说是日野警察局那边成立了搜查小组的事件出现了重要情况，要我们到那边支援……"南云颤抖着声音说。

"什么？日野局的事件？不是说在林子里发现了有拷问痕迹的遗体吗？那肯定是非法团伙之间的纠纷问题啊，比起那种事情，这边更加……"

"不对！是祖父江春云！"南云大声打断了他的话。

"祖父江？祖父江怎么了？"

鲭户皱着眉头问，南云吞了吞唾液，声音沙哑着说："那具被拷问过的尸体的身份已经确认了，那就是祖父江春云的尸体。"

4

一阵巨响后,阿梓蜷缩起身子,缓缓睁开眼睛,她首先摸了摸自己的脖子,脖子上并没有血,看来没有被割到脖子。

阿梓不知道发生了什么事情。她抬起头,看着眼前的事物,脑子里更加混乱了。

眼前的月村弯着腰,双手按着肚子,他本来要用来刺阿梓的手术刀落在地板上。

阿梓吓得往后靠,她看到月村按着肚子的双手指间渗出了鲜血。

到底发生了什么事?正在思考的时候,耳边又传来一声震耳欲聋的声响,只见月村的右边大腿也涌出了血液。月村惨叫了一声,倒在地上。

阿梓惊讶地张开嘴,慢慢看向上方。

这时候手术台上的男子坐了起来。遮在他身上的消毒垫垂了下来,肋骨突出的瘦削的上半身裸露着。他手上拿着一个黑色的、闪闪发光的铁块,那是一支左轮手枪,枪口冒起了一缕青烟。

怎么会这样?祖父江应该是全身麻醉的状态,没有意识的才对……

这时候,阿梓的视线落在手术台旁边的麻醉机上,这时她突然意识到,手术台上的男子一直是清醒的。

小早川给他注射了肌肉松弛剂之后,他就停止了呼吸,那时候有里用静脉麻醉剂给他进行了麻醉,之后他的所有体征都是用麻醉机管理的。

静脉麻醉机的效果并不是很长,为了维持全身麻醉,必须用麻醉机持续施加吸入式麻醉剂。可是如果机器里本来就没有装吸入式麻醉药的话……

男子肯定一直都只在吸入氧气。月村和小早川把他的腹部切开,在胃囊里寻找按钮的时候,他应该已经恢复了意识。然而这时候肌肉松弛剂还在起作用,他无法动弹;因此意识恢复的时候并没有大吵大闹。

等月村帮他把腹部缝上，肌肉松弛剂的作用慢慢消散，他的身体已经可以活动了，可是却一直闭着眼，没有一点动弹；这是为了让别人以为全身麻醉的效力还在持续。

房间里的这部麻醉机是最新型号的机器，肌肉松弛剂的效用结束之后，病人可以自主呼吸，在这种情况下机器也不会让病人呛到，而是有相应的功能配合病人的呼吸输送空气。

可是，男子难道是在有意识的情况下忍住了开腹手术的痛楚？这真的有可能吗？

不，不是这样的。阿梓看到手术台上的塑料筒状物。一定是用了硬膜外麻醉。只要在合适的位置施加硬膜外麻醉，施行开腹手术也不是不可以的。看来硬膜外麻醉的装置并不是用来在手术后消除痛楚、保持全身状态的，而是一开始就准备用于在有意识的状态下忍住痛苦接受开腹手术的。

一切都是从一开始就预备好的。

眼前这个男子跟有里合作，假装进行了全身麻醉，实际上一直在窥探事情的发展。这么看来他肯定不是祖父江春云。那他到底是谁？

阿梓茫然地站着，眼前的男子不断扣动扳机，然而手枪只是发出了"咔嚓咔嚓"的沉重的声音。

樱庭被手枪射击了四次,也就是说手枪里还剩下两发子弹,那这应该就是射杀樱庭所用的同一支手枪。刚刚手枪到底藏在什么地方了呢?之前已经掀起消毒垫,检查过手术台了,可还是没在房间里找到手枪。

这时候,阿梓意识到男子的肚子正在流血。明明刚刚已经被月村缝好的伤口现在是裂开的。

"不是吧……"阿梓忍不住叫出声来。

原来是在腹腔里,男子把手枪藏在了肚子里。男子的身体一直都用消毒垫覆盖着,就在他们去诊疗室等地方寻找的时候,他就悄悄地从器具架上取来手术刀之类的东西,切断了缝合皮肤和腹腔的线。

之后,有里开枪射杀了樱庭,然后把枪交给了男子,男子将手枪藏在了肚子里,即便枪身还在发烫灼伤了他的内脏。

不,不对。阿梓摇了摇头。射杀樱庭的并不是有里,而正是这个男子本人。当时樱庭留在手术室,手术室里除了她就只有这个男人。只要有里事先把枪交给他,藏在消毒垫下,那用来射杀樱庭就是相当轻松的事情。在此之后把枪藏在肚子里就好了。

比起有里经过五楼坐电梯下一楼行凶,这种办法明显更加方便。

可是,如果这是真相的话,她为何会听见两次铁栅栏关闭的声音呢?

想到这件事的原因,阿梓不由得浑身颤抖起来。

这是为了让她以为有里是凶手。她告发有里之后,有里逃到诊疗室关上墙壁,于是男人就能够完全不被怀疑,继续留在手术室里了。

这么一来,男人就能听到他们的对话,这是为了继续寻找杀害芝本老师的凶手。

当时的处境是,墙壁另一边的有里听不到这边的声音,而且剩下的时间也不多了,这么一来也就不需要有所隐瞒,必然尽力找到杀害芝本老师的凶手。而男人想要达到的目的也正是要听见他们的对话。

这是为了判断要惩罚谁。

既然现在已经知道谁是杀害芝本老师的凶手,男子也就可以显露出真实的身份了。

男子把手枪扔在地上,双手抓住插在口中的氧气管用力扯了下来。阿梓呆站着看着他的动作,这时候她感到有什么东西在触碰她的脚。

阿梓叫了一声,她看看脚边,只见月村趴在地上,手伸到她身旁。

"救……救我……"

月村正向阿梓哀求,阿梓连忙向后退了一步,从他手边逃开。

"快走吧……"

身旁传来了沙哑的、难以听懂的声音。阿梓转过身来,只见手术台上的男人正看着自己。他刚刚把氧气管扯下,估计声带还很痛吧。

"你,你到底是……"阿梓结巴着开口问。

"我是浮间辉也……就是大辉的父亲。"

听到他名字的一刻,一切的谜题都解开了。过去曾经从芝本那听说,他父亲是研究电气工程的学者,汽油爆炸的装置,还有各种各样的机关,一定都是他设计的。

他们做的所有事情都是为了复仇。这个可怕的死亡游戏的目的,就是找出杀害儿子的凶手,然后对他进行报复。

"快走吧,没有时间了。"

眼前的男子——浮间辉也指了指计时器。计时器上闪烁的数字是"0:04:22"。阿梓叫出声来。

"那你,你要怎么办……还有有里。"

"有里已经逃出去了。我……我和月村留在这里。"

浮间低头看了一眼倒在地板上呻吟的月村,用沙哑的声音冷漠地说。

"可是,密码……出口的密码是……"

"是生日。"

浮间抬起眼窝深陷、颧骨高挺的脸微笑着说。

"大辉的生日,那就是密码。"

阿梓慌乱地喘着气不能动弹,浮间又小声地催促了一下:"快走吧。"听他这么说,阿梓转身向门口走去。

"请不要把我留在这儿!"

背后传来一声惨叫,阿梓止住了脚步。她回头一看,月村躺在一片血泊里,拼命向前伸手。

"求求你……把我也带走吧。"

月村的白衬衫被染成红色,身体还在慢慢地滴血。

浮间把手背的针头拔掉,慢慢地从手术台走了下来。他整个人四肢无力,走路摇摇晃晃的,但还是慢慢走到月村身旁。插在他背后的硬膜外麻醉的输液管还没有拔走,扯在身后的麻醉药筒掉落在地上,发出轻轻的一声响。月村侧着脸抬起头,用充满恐惧的表情看着浮间。

"你杀了我儿子呢!"浮间用沙哑的声音缓缓说道。

月村张大嘴巴,却叫不出声音来。

"请你去见我儿子吧……跟我一起。"

浮间抬起脚,踩在月村被打了一枪的大腿上。惨叫声响彻整个手术室。阿梓转过头,大步向前走去。

阿梓穿过手术区域的走廊,绕过放满汽油桶的前台,这时候计时器闪烁的数字是"0:03:18"。

还剩下三分钟。阿梓的脚不断颤抖,她拼命迈开脚步,来到后门所在的房间,跑到门前。面前是沉重的铁门,阿梓长长吐了一口气,按下了数字键盘的按钮。

"1,1,2,7"。

十一月二十七日,这就是她的爱人芝本大辉的生日。阿梓确认了一下液晶显示屏上"1127"几个数字,把手指伸向"Enter"按钮。手指已经放在按钮上,手却动不了。

如果错了的话怎么办呢？如果浮间是在撒谎的话。阿梓想到火焰袭击背后的画面,硬是无法按下去。

阿梓紧闭眼睛。这一刻,脑海里浮现出芝本的脸,那张总是像少年一样腼腆微笑的脸。

阿梓睁开眼睛,咬紧牙关按下了按钮。指尖传来按钮按下的触感,耳边传来"哔"的一声电子音。

下一刻,空气里传来沉重的金属的声音。阿梓喘着气试着推门,本来怎么推都没有动静的门缓缓打开,冷风从门缝里吹进来穿过阿梓的头发。阿梓从打开的门缝里挤了出去。

来到户外的一瞬间,阿梓倒在了地上。这一刻心中的喜怒哀乐,一股百感交集的风暴从心中涌出。眼睛不禁涌出泪水,滴落在了长着低矮杂草的地面上。

这时候,视野里出现了一双鞋。阿梓抬起头,她从喉咙里叫了出来。

"恭喜你逃脱了。"

眼前的女子正是浮间有里,她用平淡的声音跟阿梓说。同时拿着手枪对准了阿梓的额头。

不远处还有一个好像是下水道出口一样的洞。这应该就是藏在诊疗室里通向外界的秘密通道。

"有里……小姐……"阿梓小声地说。

有里从耳朵里取出一只耳机。

"我听了你们在手术室里的对话。我知道月村被杀了,也知道父亲把你放了出来。可是……"有里眼中冒着愤怒的火焰。

"我不能原谅你。正是因为你没有给哥哥做不在场证明,他才落得那样的下场。你对哥哥的死也有责任。"

面对有里的这些指责,阿梓什么话都说不出来。

这是事实。就算芝本老师反对,但只要我给他做证,那他可能就不用死了。九月十八日那天深夜,如果自己没有把芝本老师叫出来的话,那大家都不用死。

一切都是我的错……

"有什么最后想说的话吗?"有里细小的手指搭在扳机上。

阿梓口中发出了很微弱的声音。

"什么?我听不见。"有里不耐烦地问道。

阿梓吞了口唾液,让干燥的喉咙湿润一下,再一次开了口。

"对不起。"

阿梓的目光穿过指着自己的枪口看着有里的眼睛。

"真的……很对不起。"

有里嘴唇紧闭了一下,毫不犹豫地扣动了扳机。扳机传来"咔嚓"一声响声,阿梓把脸转了过去,然而并没有子弹射出来。

"快从我面前消失。"

有里把手枪放进口袋里,来到医院后门附近,单手把门关上,门再次传来上锁的声音。

"那支手枪是……"

"是假的,我们也不可能弄来很多把真枪吧。"

有里摇了摇头,用拇指指了指身后。离他们几米外是生锈的栅栏,栅栏后还有路。栅栏上还有一道门。

"这是父亲的复仇。既然父亲原谅了你,我也没有裁判的权力。你快走吧,还是说你想被爆炸波及?现在只剩下两分钟不到了。"

有里从坐在地上的阿梓身边走过。

"对了,就算你想报警也是没用的。我本人仍身在加拿大,而来过这所医院的证据……也会马上毁灭。"

有里轻轻举起手,消失在医院的阴影之中。她大概是要从建筑物一侧绕到正面去吧。

这是为了看着游戏结束。

阿梓站起来,摇摇晃晃地走近栅栏的门。她打开门,离开了医院的区域,来到一处有微弱灯光照射的道路。大概走了一百米,面前迎来了两个穿着西装的人。两个人喊叫着一些听不清楚的内容向阿梓跑来,阿梓没有回头看,一直向前走去。

从她背后传来足以震撼全身细胞的爆炸声,可是阿梓还是一直向前走。

虽然不知道自己正在走向哪里。

脑袋里浮现一个小丑正在向自己怪笑。

终章

"就在这边,从这个路口拐过去再往前两百米左右就是了。"

南云边看着手机上的地图,边小跑着在前面带路。鲭户边喘着气边点了点头。

半个多小时前,鲭户得知日野市发现的遗体是祖父江春云后,马上联系了刑事科长,要求派警员前往田所医院,说那里发生了可怕的事件。

然而科长的回答却是"行了行了你们快点回来"。鲭户等人把前三天来追查祖父江得到的情况提交给搜查小组,从搜查组长那里得到的指示是让鲭户等人加入搜查。

科长还是重复让他们回去,于是鲭户挂断了电话,跟南云离开了芝本直彦的家。他的判断是,要去田所医院所在的府中市的话,坐的士只需要不到一小时,那么他们自己去一趟田所医院就好了。

来到医院附近,的士司机告知他们田所医院附近由于有很多单行道,如果要到医院里必须绕道。鲭户从钱包里拿出一张一万日元交给司机,说"我们就在这里下车"。于是他们一路向田所医院所在的街区飞奔。

鲭户边跑边看着手表,时针已经指向晚上十点了。鲭户抬起头,跟南云一起在十字路口拐到右边去。

"这边直走就是田所医院了。"南云把手机放进口袋里。

"快!"

鲭户狂奔的同时,注意到前方有一个年轻女子走了过来。只见她双脚不稳,一边走一边左右摇晃。

是喝醉了吗?怎么会在这种没人的住宅区里?

虽然觉得女子有点奇怪,但鲭户还是与她擦肩而过。可是才向前跑了几米,他就停下了脚步。刚刚他只看了女人一眼,已经看到她的眼睛完全失去了焦点。

"鲭户前辈,怎么了吗?"南云问道。

"啊,没有,不好意思,我们走。"

鲭户回过神来,再次迈出脚步。对,现在应该马上到田所医院去。他虽然这么想,但脑子里还是想着女人的脸。

"就在这里，这里就是田所医院。"

南云指着一处五层高有些老旧的水泥建筑物。建筑物前后似乎是露天停车场。从远处望去也能注意到建筑物的窗户用铁板焊死了，跟芝本直彦说的一样。

鲭户和南云来到医院外的栅栏前，栅栏后是一个十米左右、长满杂草的区域，杂草的尽头有道好像是后门一样的门。看来他们是来到了医院的后方。

"好像是要从那边的门进入医院区域。"南云指着不远处栅栏上的一道门。

就在这一瞬间，两人全身感到一股强大的冲击力，鲭户马上跌坐在地上。

他不知道发生了什么。再看看旁边，南云也是同一个姿势坐在路上。南云的手指指向一个方向，好像在拼命喊叫，但是耳朵在强烈地耳鸣，完全不知道他在说什么。听觉完全麻痹了，或许连耳膜都破裂了。

鲭户决定不理南云说什么话，而是顺着南云手指的方向看去。

眼前的建筑物被火焰笼罩着。爆炸把好几块封住窗户的铁板也炸飞了，火焰和黑烟从窗口冒出。看着好像是换气口的一个洞也喷出了红红的火焰，直扑向天空，整栋建筑物好像被一条深红色的大蛇缠绕着一般。

鲭户呆站着凝神张望。他看见停车场的另一边是围绕建筑物的另一条道路，那里站着一个女人。或许是因为火焰的缘故，她的身影微微颤动。

这是路人吗？鲭户思考了一刻，警察的直觉马上否定了这个猜测。那个女人抬头看着医院，脸上的表情混杂着哀伤和恍惚。

"……户前辈，鲭户前辈！"

听到有人喊自己的名字，鲭户转头看去，原来是南云侧着脸看着自己。

"这到底是什么情况？！"

虽然耳鸣还在持续，但已经能听到一点声音，看来耳膜并没有破裂。

"那个女人，快把那个女人……"

鲭户伸手指向停车场，这时又传来了爆炸的声音，后门被炸飞了。从门框里喷出一股火焰，灼烧般的热气传到身边。鲭户下意识地伸手挡住脸。

"女人？哪里有女人啊？"

听南云这么说，鲭户向停车场看去，明明刚刚还站在那儿的女人已经不见踪影，看起来就像从没有人出现在那里一样。

"怎么会……"

到底这里发生了什么？在我们不知道的地方到底发生了什么事情？

鲭户挺直站着，抬头看着面前的建筑物。

在红莲般的火焰里，田所医院的样子也像火焰一样左右摇摆。